Einaudi. Stile Libero Big

Dello stesso autore nel catalogo Einaudi

Violazione
L'amore normale
La notte ha la mia voce

Alessandra Sarchi

Il dono di Antonia

Einaudi

www.einaudi.it

ISBN 978-88-06-24499-6

Il dono di Antonia

Facciamo il bagno a nostra figlia, una preghiera
per ogni parte del suo corpo, come
se lavassimo una canzone.

Dita fragili come fili d'erba.

Migliaia d'uova già dentro di lei.

ANNE MICHAELS, *Fontanelle*

Parte prima

Antonia uscí dalla stalla e si guardò intorno, sfregando le mani appena lavate e disinfettate.

La luce del sole colava sui pendii della collina sprigionando vapori dal fogliame degli alberi ancora bagnati di rugiada, lenti sbadigli nel fermento già quasi estivo dell'aria che stava lievitando. Sarebbe venuto caldo. Antonia sentiva braccia e polpacci indolenziti, non era solo la mungitura mattutina ad averle irrigidito i muscoli, ma il lavoro del giorno prima. Avevano deciso di riaprire la piscina, considerato che il tempo era cosí bello e prometteva di mantenersi tale. Con spazzoloni e cannella dell'acqua che sgorgava aveva lavato il telone cerato che la ricopriva, poi si era dedicata ai bordi di pietra chiara, sui quali durante l'inverno la condensa aveva fatto fiorire chiazze di funghi. Insieme a Pietro, che l'aiutava nelle mansioni piú pesanti, si erano consumati le dita e le ginocchia, chini a sfregare con spugne abrasive, poi avevano rabboccato l'acqua nella vasca, aggiunto le pastiglie di cloro nei bocchettoni degli skimmer e, a sera, lei aveva controllato il pH che era risultato perfetto: si poteva già fare il bagno.

Adesso la piscina scintillava come ogni cosa sotto il sole, un invitante rettangolo di azzurro in mezzo al prato.

Antonia si abbassò a raccogliere il termostato che galleggiava sbattendo ritmicamente contro lo spigolo di un gradino: non segnava nemmeno diciotto gradi.

Avrebbe aspettato dopo la colazione.

In cucina il tavolo era apparecchiato. Paolo aveva bevuto il caffè e mangiato fette di pane con la marmellata di cui rimanevano briciole sul tavolo, Anna non era ancora tornata dalla sua corsa.

Antonia si preparò una tazza di tè, ci affondò dentro due cucchiai di miele e un biscotto, poi prese un pezzo di crostata alla confettura di ciliegie. Davanti a sé il vasetto di yogurt magro di Anna, le sue tre gallette di riso, l'integratore di calcio, la bottiglia d'acqua, il tovagliolo piegato con cura.

Il rumore della porta l'avvertí che era rientrata, subito dopo sentí partire lo scroscio della doccia. Antonia si alzò, lanciò un'ultima occhiata a quelle tre gallette impilate: perché dovevano essere sempre e solo tre, e non due piú una fetta di torta, oppure zero e una fetta di torta?

Portò via la propria tazza, ma non la crostata. Senza la sua presenza dall'altra parte del tavolo, Anna si sarebbe sentita piú libera, magari un pezzetto di crostata le sarebbe finito in bocca, per sbaglio.

Magari.

Salí al piano superiore, tirò fuori il costume e lo infilò rabbrividendo perché in casa c'era meno caldo che fuori, si mise un accappatoio sulle spalle, la cuffia da nuoto sportivo in testa, e scese in giardino.

Davanti alla superficie liquida appena increspata, esitò. Non era solo per il freddo che l'avrebbe punta come una raffica di aghi sulla pelle: l'acqua le dava il tempo per pensare. Nel deformarsi continuo di volume e colore – le piccole onde si arricciavano e sul fondo proiettavano un reticolo di riflessi dorati – trovava un'analogia con l'andamento della memoria, con la sua capacità di rivelare e di confondere. Scese i primi tre gradini: sembrava di entrare nel ghiaccio fuso. Era cosí ogni anno e le piaceva sostare nel momento in cui diceva a se stessa che poteva ancora cambiare idea, rinunciare alla nuotata, invece poi si buttava con un tuffo deciso. Senza indugi, ripeteva nel breve istante che separava l'essere circondata da aria dall'essere immersa in acqua.

Il freddo prende i polsi, le caviglie e la fronte, morde i muscoli e la pancia alle prime bracciate, ma già alla seconda vasca, quando il battito cardiaco ha accelerato, l'istinto non è piú quello di uscire, ma di forzare: spingere contro l'acqua e vedere fin dove si può arrivare.

Alla quinta virata Antonia si accorse con sollievo che non stava pensando a niente da quando si era buttata; solo pelle, movimento e acqua. Alla settima pensò che tre gallette non erano poi cosí male, qualche mese prima nemmeno quelle, forse Anna sarebbe tornata al latte intero, piano piano.

L'acqua cominciava a entrarle nella cuffia, ne sentiva le bollicine e l'insinuarsi ripido lungo il cranio, ma si obbligava ad andare avanti. Se sopravviveva all'acqua gelida, poteva farcela anche col resto.

Alla decima vasca, i pensieri erano tornati ad affacciarsi, i piú complicati, come controcorrente. Decise che sarebbe andata all'incontro con il gruppo di sostegno per i genitori; dopo il primo, Paolo le aveva detto che non faceva per lui, che era stanco di scavare nel proprio disagio e che non sentiva la necessità di entrare in comunione con quello altrui. Non poteva certo obbligarlo a fare una cosa in cui non credeva, e d'altronde lei stessa non sapeva cosa aspettarsi. Riconoscere affinità e problemi comuni, sfogarsi, scambiarsi ricette di sopravvivenza già non sarebbe stato male, ma le era sembrato di intravedere dell'altro nelle facce di alcune madri, appena si era allentata la moderazione della psicologa, all'uscita della riunione: il bisogno di confessione, smettere di parlare delle figlie e parlare di sé. Un bisogno disperato di parlare di sé.

Alla ventesima vasca, la sensazione euforica di calore interno prodotta dal nuoto si stava trasformando in fitte che sbriciolavano i muscoli delle gambe e delle braccia.

Antonia raggiunse l'ultimo gradino e si sollevò dall'acqua, mettendosi a sedere sul bordo. Aveva la pelle d'oca, anche se il sole era forte. Come ogni anno, al suo primo bagno, si ricordò di un'altra piscina, dove l'acqua era sempre piacevolmente tiepida, e dove a lungo aveva nuotato tuffandosi senza indugi, o meglio senza quella sosta di chi non sa se ce la farà, di chi potrebbe cambiare idea. Era una ventenne, in un Paese lontano, e non indugiava su niente.

Si tirò su scrollandosi i capelli, le gocce caddero di nuovo in acqua a formare piccole sfere, Antonia le guardò e pensò: uova. Tutta l'euforia della nuotata si condensò in un paio di lacrime inattese. Sbalzi ormonali tipici del climaterio, quanto l'arrotondarsi della pancia e l'ispessirsi dei fianchi, avrebbe detto la sua ginecologa; climaterio, il termine scientifico le piaceva di piú di menopausa, alla quale associava l'idea sinistra di una discesa senza freni.

Vide uscire dalla porta di casa e sostare sotto la veranda la figura esile di Anna in mutande e felpa, cercava il caldo del sole.

Anna si sporse da sotto la pergola di glicine e fece una smorfia in cui Antonia riconobbe se stessa. Aveva i colori e i lineamenti del padre, ma le espressioni erano le sue, rivederle nella figlia le dava l'impressione di essere stata osservata e imparata a memoria, a sua insaputa. Anna disse a voce alta: – Sei matta, mamma –. Antonia sorrise, aveva le labbra bagnate di lacrime e cloro, le asciugò con il cappuccio dell'accappatoio avviandosi verso di lei.

Rispetto alla settimana precedente il gruppo si era ristretto, mancavano una coppia e due padri. Antonia, seduta nel cerchio di sedie che occupava la stanza, aveva già fatto il conto, prima ancora che la moderatrice li salutasse e scorresse l'elenco dei nomi che si era appuntata.

Erano titubanti, si capiva dagli schiarimenti di gola e dai cigolii delle sedie sottoposte a continue variazioni di peso: due gambe accavallate, poi distese, divaricate e riaccavallate, la schiena portata in avanti, avambracci sulle ginocchia, oppure schiena indietro, sguardo al soffitto.

Rompere il ghiaccio era la cosa piú difficile, aveva detto la moderatrice; eppure dopo la riottosità iniziale avevano parlato, non tutti, ma quasi, alcune madri come fiumi in piena. Il ghiaccio pareva essersi riformato, forse piú sottile, ma era comunque presente, nessuno di loro dava l'impressione di voler fare quella fatica di nuovo, la fatica di riconoscersi nel prossimo, la persona seduta a fianco o di fronte. Anche l'afflizione diventa cara se ci fa sentire unici, se ci lega con un nodo ancora piú stretto a chi amiamo. Lo aveva detto una madre al primo incontro: «Del rapporto con mia figlia mi è rimasta solo la sofferenza, eppure non rinuncerei nemmeno a quella». Bisognava allora ricordare a se stessi, ricordarsi a vicenda, che era per amore se ci si ritrovava sotto la luce impietosa di un neon, in un'anonima sala riunioni dell'ospedale, in mezzo a perfetti sconosciuti.

La moderatrice fece le domande di rito. Come stavano, come si erano sentiti dopo l'incontro della settimana precedente e chi aveva voglia di raccontare quali cambiamenti fossero intervenuti.

Silenzio, scricchiolare di sedie e qualche gorgoglio di pancia. Una madre disse che avevano litigato piú del solito, cioè praticamente tutta la settimana, non con la figlia, ma lei e il marito, che le sedeva accanto e teneva lo sguardo puntato a terra fra le ginocchia. Lui le faceva notare di continuo quanto la smania di controllo regolasse ogni sua azione nei confronti della figlia, proprio come era venuto fuori nella discussione col gruppo. Smania di controllo, aveva ripetuto. Ma non era vero, o magari era vero solo in parte, lei controllava perché sennò la figlia non avrebbe mangiato niente, e comunque lui era sempre lí a ricordarglielo e la stressava ancora di piú.

La moderatrice annuí e fece una considerazione di buon senso sul fatto che non era necessario sottolineare atteggiamenti negativi. Il marito continuava a fissare il pavimento, stretto in un giubbino di jeans che sulle spalle tirava, come dovesse esplodere. Antonia si domandò se sarebbe tornato alle riunioni.

Provava inclinazioni confuse e contrastanti verso quell'uomo, se solo lui avesse sollevato la testa gli avrebbe sorriso, al tempo stesso capiva la moglie, eccome se la capiva.

Un'altra madre disse che ci aveva pensato, e che l'unico episodio in cui aveva controllato se stessa e sua figlia, dal punto di vista alimentare, risaliva ai primi mesi di vita. Se la tua creatura non mangia ti preoccupi. Perde peso, non cresce, la pediatra ti dice: Signora, questa bambina non mangia a sufficienza. Le dia un'integrazione di latte artificiale. A dire il vero, mi scoppia il seno per il latte e lo perdo per strada, ribadisci. Ma la pediatra ha pronta la risposta: Allora non sta attaccata abbastanza, o non assimila bene. Segua una dieta, elimini i cibi che producono gas, per rendere il latte piú digeribile.

Lei si era attenuta con scrupolo a quelle raccomandazioni. Per sei mesi aveva campato di carote, finocchi, riso in bianco e petti di pollo alla piastra. La bambina era cresciuta, sanissima. Cos'altro avrebbe potuto fare?

Il padre di fianco annuiva, precisò che nell'età dello svezzamento spesso era stato lui a darle il pasto serale. La bambina mangiava con grande voracità, tanto che faticava a starle dietro con il cucchiaio della pappa.

La moderatrice sorrise. Il padre aggiunse che secondo lui nelle ultime settimane la figlia era migliorata, aveva ricominciato a fare merenda con una mela.

L'evocazione del frutto aleggiò nella stanza: calamitato al centro del cerchio, come se si fosse materializzato di colpo, gli occhi di alcune madri vi si posarono con desiderio. Antonia si era sempre chiesta perché dovesse essere stata Eva e non Adamo a cogliere quella benedetta mela. Avrebbe voluto dare forma al pensiero, parlare di tutti i frutti proibiti che le persone lí dentro avevano colto o si erano negate, ma non ne ebbe il coraggio.

Prese la parola la donna seduta vicino a lei, di cui ricordava il nome, Alice, glielo aveva detto la volta precedente, quando si erano fermate a chiacchierare all'uscita.

Disse di sentirsi molto arrabbiata. Per tutta la settimana sua figlia le aveva fatto trovare una torta dolce o salata al suo rientro, lei era medico, lavorava in ospedale, ma quella settimana non le erano toccate notti. Pan di Spagna lardellato di marmellata alla fragola e ricoperto di panna montata, quiche agli spinaci e formaggio, plumcake al cioccolato, e mai che ne prendesse un morso. Sua figlia passava ore a cucinare per mangiarsi un'insalata scondita con carote e tonno al naturale, possibilmente da sola, lontano dai pasti che lei consumava quando poteva, turni permettendo, col marito.

Un padre disse che la loro figlia, e indicò col mento la moglie alla sua destra, faceva la stessa identica cosa. Pizze, creme, biscotti che poi non toccava e rimanevano sul tavolo come trofei.

Un'altra madre riferí un comportamento analogo. Non ne poteva piú.

Antonia pensò alla frittata con i funghi che Anna le aveva cucinato, se ne era ritagliata uno spicchio cosí sottile da risultare trasparente, lasciandole il resto, e lei aveva fatto fatica a percepirne il gusto, pur essendo uno dei suoi piatti preferiti. Era un ricordo doloroso.

Disse: – Io non sento il sapore di quello che cucina mia figlia.

La moderatrice fece alcune considerazioni che tutti approvarono annuendo, e riaggiornò l'incontro alla settimana successiva. Il cerchio lentamente si frastagliò.

Antonia si alzò dalla sedia con la stessa riluttanza con cui ci si era seduta, un'ora prima. Alice occupava ancora la sua, né quella volta, né la precedente era venuta con il marito. Era una donna con una faccia attraente, anche se un po' segnata, specie intorno agli occhi, dovevano essere tutte quelle notti di lavoro, anche se la forma stessa, con le palpebre larghe e incurvate verso il basso, suggeriva lo stampo di una malinconia non passeggera. Ad Antonia aveva fatto una simpatia istintiva, forse perché le piaceva sapere che una donna medico prendesse parte a quei raduni.

Le chiese se avesse mangiato il pan di Spagna con la marmellata e tutto il resto. Alice rispose che se l'era domandato anche lei riguardo ai cibi elencati dagli altri genitori. Li avevano poi mangiati? Lei ci aveva fatto colazione e merenda con quella torta, il resto, vai a sapere, era sparito. Poi aggiunse che era rimasta colpita da quello che aveva detto Antonia, cioè che non sentiva il sapore. Era accaduto anche a sua madre, ma per altre ragioni, era malata d'Alzheimer, e diceva di non distinguere piú un gusto dall'altro. Antonia aveva alzato le sopracciglia, un altro fatto sul quale non si poteva avere nessun controllo: la malattia della vecchiaia.

Alice si alzò dalla sedia e disse che la cosa sulla quale si ha meno controllo è il passato, e la memoria, e nel passato può esserci di tutto.

Antonia aveva sperato di sentire qualcosa del genere: era vero, poteva esserci di tutto nel passato, di chiunque. Ci fu un breve silenzio. La madre che occupava il posto di fianco ad Alice, e che Antonia aveva solo intravisto, s'inserí nella conversazione. Disse di chiamarsi Sara, e disse che si poteva anche scavare nel passato – chi non l'aveva fatto? – però i guai con sua figlia erano iniziati dal nulla e continuavano nel nulla. Per quanto lei avesse cercato, non era riuscita a trovare un atteggiamento, un gesto, una condotta che corrispondessero a quelle che si dicevano le cause abituali della malattia e allora, in tutta onestà, non sapeva piú che pensare, e quasi invidiava chi aveva un passato su cui far ricadere la responsabilità.

Quest'ultima frase la pronunciò sorridendo, come fosse un modo per giustificare la sua interruzione e non sentirsi esclusa. Guardava Antonia e guardava Alice, con l'intensità con cui si guarda qualcuno da cui ci si aspetta una risposta decisiva, voleva che si sentissero importanti.

Antonia avvertí di nuovo l'impulso che aveva riconosciuto la settimana prima: confessarsi e ascoltare una confessione, non sapeva di preciso, probabilmente entrambe le cose.

Propose di andare a mangiare insieme, non aveva cenato per arrivare puntuale al gruppo. Alice e Sara accettarono, avevano molta fame e voglia di bere un bicchiere di vino. Furono le ultime a lasciare la stanza, mentre un'inserviente stava spegnendo le luci.

Antonia si domandò se a loro fosse già accaduto di uscire a cena con persone sconosciute, e se la disinvoltura con cui era successo ora fosse dovuta a un'abitudine professionale e agli ambienti sociali che frequentavano. O se a muoverle fosse quel desiderio che lei avvertiva superiore alle convenzioni e ai costumi individuali, perché si erano presentate come madri, ma erano anche altro. Pensò con un po' di amarezza che nell'età adulta, piú della possibilità della gioia, era la condivisione della sofferenza ad avvicinare le persone e, trattandosi di sconosciuti, implicava un certo azzardo. Anche innamorarsi implica un azzardo e in genere capita fra sconosciuti che, avvinti dall'idea di un cambiamento, si avvicinano tanto da confondersi per poi capire meglio la propria diversità.

Forse il comune disagio era solo l'inizio e sarebbe stato superato da sentimenti piú variegati; ad attrarle l'una verso l'altra non era il fatto di essere tutte madri – di questo Antonia era certa – ma il fatto di esserlo ciascuna in maniera diversa.

Quella sera, non conoscendosi ancora, vagarono per un certo tempo, prima di trovare un buon ristorante che fosse anche un luogo in cui potersi trattenere a parlare senza essere disturbate. Risalirono a piedi quasi tutta via Belle Arti, nel cuore della zona universitaria, dove Antonia non tornava da moltissimo tempo. Le vecchie case medievali della via erano abitate in prevalenza da studenti e dalle finestre aperte arrivavano rumori di piatti, musiche e voci, zaffate di spezie e fumo che mettevano un'allegria effimera, mentre sotto i portici, chiusi i negozi, si addossavano alle saracinesche gruppi di persone con sacchi a pelo e cani, birre e cartoni di vino a poco prezzo. Era difficile scansare il senso di malessere e di incertezza che questa distesa provocava e il contrasto con quell'altra vita, piú allegra, che si dipanava un piano piú in alto.

Finirono in una trattoria che esisteva da sempre e che, Alice assicurava, teneva aperto fino a tardi perché spesso ci andavano gli orchestrali e gli attori del Teatro Comunale dopo gli spettacoli.

Una volta dentro, Antonia riconobbe l'ambiente, le fotografie di celebrità appese alle pareti con firme e dediche, il soffitto a travi di legno, la lunga vetrina frigo con i dolci esposti, e fu sorpresa di non averlo riconosciuto prima. Era già iniziato, durante la passeggiata che le aveva portate fino a lí, una specie di smemoramento, come se avesse dimenticato com'era fatta la città, una sensazione simile a quella provata tanti anni prima quando era tornata dagli Stati Uniti e aveva ritrovato i luoghi familiari e al tempo stesso alieni, un territorio da reimparare, o da vedere con occhi nuovi.

Ordinarono una pizza e mentre mangiavano si mostrarono dai cellulari le fotografie delle rispettive figlie: adolescenti vestite in modo quasi identico, con le faccine scavate e gli occhi troppo grandi. Poi Sara disse che le sembrava una cosa un po' macabra, anche se non c'era niente di male, anzi era quasi naturale che fosse accaduto, ma non era del tutto sicura che questo potesse aiutarle. Si rendeva conto che le loro figlie rientravano tra le piú fortunate, non erano state devastate dalla malattia, potevano ancora mostrarne le immagini senza rabbrividire. Forse, entro poco tempo, sarebbero guarite, concluse allontanando nel piatto il bordo bruciacchiato della pizza.

Sara aveva una faccia onesta, con la pelle chiara circondata dai capelli che portava lunghi, di colore castano scuro. Somigliava molto alla fotografia che aveva mostrato della figlia, uno di quei casi in cui incontrandole per strada si poteva stare certi di ravvisare la parentela; ma mentre lei era percorsa da mille tratti mobili, da un accordo simultaneo fra il sorriso degli occhi e quello delle labbra, la figlia stringeva la bocca a cuore, come andava di moda fare tra le ragazze della loro età, sul modello delle pose seduttive che si vedevano ovunque, e cosí risultava senza un'espressione propria.

Per dissipare l'effetto di apprensione suscitato dalle fotografie, Sara disse che erano state figlie anche loro, e che lei ricordava bene quanto si fosse ribellata a sua madre che era una maestra di scuola elementare, piuttosto severa anche coi suoi due figli, lei e suo fratello Gabriele. Era credente, di una fede che si mescolava con la vita quotidiana e con una specie di senso civico che a pensarci oggi faceva tenerezza. Il giorno in cui avevano trovato il cadavere di Aldo Moro aveva chiesto se potevano dire una preghiera insieme, e cosí tutte le volte che c'era un amico o un conoscente colpito da qualche malanno: mani giunte e intenzioni unite. La fede era una specie di aria che girava per casa loro, anche se non la nominavi, le cose brutte o belle trovavano una spiegazione. Spesso lei e suo fratello ridacchiavano di quelle preghiere, di certo la sua testa era altrove. Piú o meno all'età del liceo, si era rivoltata contro la messa e le preghiere. Aveva cominciato a mettere a fuoco le ipocrisie e gli abusi del clero grazie a un professore di filosofia. Aveva smesso di andare in chiesa alla domenica e di frequentare la parrocchia. Ostentava freddezza e a volte disprezzo per tutto ciò che aveva anche solo un vago sapore religioso, ogni tanto provocava apertamente sua madre su questioni come l'aborto: pensa se io fossi violentata da un balordo, come accade, come si legge sui giornali, e rimanessi incinta. Pensa alle suore violentate in Bosnia e in Kosovo e rimaste incinte.

Era andata avanti cosí per un paio di anni. Sua madre non aveva fatto una piega, o almeno non ne aveva dato segni. Le aveva solo detto, il giorno del suo diciottesimo compleanno: «Non si può fingere la fede. O ce l'hai o non ce l'hai, solo tu puoi saperlo. Per il resto io ti ho fatto con una coscienza, vedi di usarla».

Tanto era bastato a farla tornare alla normalità.

Alice non aveva resistito: – Quale normalità?

Sara tracciava segni sul piatto con la punta del coltello, come fosse una lavagna su cui tracciare le parole. Emise un sospiro prima di rispondere: il problema forse era proprio quello. Lei aveva avuto una vita normalissima. Era cresciuta nella stima per i propri genitori e, a parte la faccenda della religione, di cui aveva trattenuto alcuni principî etici, ma non il credo, non c'erano stati grandi conflitti con sua madre e con suo padre. A sua volta, non ne aveva avuti con la figlia. Si era sposata con un compagno di università, si erano amati ed erano ancora capaci di farlo, si prendevano dei momenti solo per loro, questo era importante. La figlia era arrivata poco dopo il matrimonio, quando avevano entrambi già una professione. Erano avvocati, lui lavorava per la ditta municipale dei trasporti e lei in uno studio privato. Quanto aveva desiderato avere una bambina e che felicità nello scoprire, all'ecografia del terzo mese, di essere stata accontentata. Sí, una bambina, non un maschio. Era forse un male avere una preferenza?

Alice scosse la testa e disse che anche lei si era augurata di avere una femmina, con un maschio non avrebbe saputo cosa fare; s'impara qualsiasi cosa, però lei aveva desiderato una creatura simile a sé.

Antonia non era sicura che il suo desiderio fosse stato cosí preciso all'inizio. Si vergognava a dirlo, ma pensava ai piccoli capretti. Quando venivano fuori erano rugosi come anziani, poi bastavano il contatto con l'aria e le leccate premurose della madre a farli diventare vaporosi, esseri incerti che attiravano tenerezza, maschi o femmine che fossero, cuccioli. Le vennero in mente anche le uova. Le venivano sempre in mente le uova. Quelle dei volatili col guscio a proteggerle dall'esterno, separate fin dall'inizio, e quelle dei mammiferi cosí lente a lasciare il corpo della madre.

Disse: – A me forse non sarebbe dispiaciuto un maschio. Ricordo di essere stata molto felice quando seppi che era una femmina e non fu al terzo mese, con l'ecografia, ma alla nascita. Volevo una sorpresa.

Ci fu una pausa, tutte e tre avevano ben presenti i giorni e le notti fra il parto e i primi mesi di vita, i picchi ormonali che lievitavano in euforie improvvise o si spegnevano in cupezze sinistre, e la sensazione pervasiva di un'altra vita, che prima era dentro, poi era fuori, e pur essendo distinta era anche unita. E questa era una di quelle cose che capitano alle donne e di cui, nonostante tutti dicano sia naturale, in realtà nessuna donna finiva mai di stupirsi. Da dove si iniziava a diventare madre? Fra di loro potevano ammetterlo, adesso che era passato tanto tempo, e che le figlie stavano per diventare a loro volta donne e l'intera faccenda era pronta per ricominciare. O non si era mai interrotta – disse Alice – aggiungendo di essere stata terrorizzata i primi tempi, con una creatura da sfamare, tranquillizzare, blandire, cambiare e lavare. – Era cosí leggero, il suo corpicino, che avrei potuto dimenticarmene, se non fosse stato per gli strilli imperiosi.

Sara riprese la parola: c'erano giorni, subito dopo il parto, in cui aveva provato troppa felicità. Sí, troppa felicità. La maniera in cui il volto della bambina si definiva piano piano, perdendo quella specie di patina cerosa che l'aveva protetta, una glassa che lei aveva avuto paura di rompere anche solo sfiorandola. Poi un segno, non una ruga, ma un segno fra la guancia e la bocca, il giorno dopo gli occhi rimanevano aperti piú a lungo, le pupille si contraevano e restringevano nel siero azzurrognolo in cui galleggiavano. Un giorno ancora, e lo sguardo si faceva piú presente, si allargava pieno di riconoscenza. Ti ci perdevi, in quello sguardo. Lei ci si era persa. Innamorata e ricambiata, come mai prima, o dopo, con nessun uomo. Era forse da quell'innamoramento che era scaturita la malattia?

Antonia disse che non era certo per il fatto di essere stata innamorata della propria bambina che questa, da adolescente, si era ammalata.

Alice osservava perplessa Sara torcersi le dita sul tovagliolo. Non era il caso di continuare a torturarsi, o di attribuirsi una responsabilità a tutti i costi, disse pacata. La normalità era una gran bella cosa, tutto ciò che aveva raccontato finora lo confermava, e magari sua figlia aveva smesso di mangiare solo per moda. Anche le malattie erano soggette, se non proprio a mode, a cicli storici.

Questo, Sara lo capiva benissimo. Era stata nel pomeriggio a fare la spesa al supermercato con sua figlia. Orario di calca, mamme con bambini appesi ai carrelli, anziani che occupavano le corsie facendo chiacchiere, pubblicità in filodiffusione. Sua figlia radarizzava gli scaffali, e a colpo sicuro individuava la pasta con la percentuale minore di carboidrati, lo yogurt piú scremato, i cracker con meno sale. Lei cercava di correggere il tiro con un casco di banane, frutta secca, patate, succhi multivitaminici. Poi alla svolta fra una corsia e l'altra, dove diminuiva la distanza tra il frigo delle carni rosse illuminato come il palco di una rockstar e gli scaffali con i detergenti per la casa, aveva avvertito una nausea violenta, l'istinto di svuotare il carrello e fuggire via, il bisogno di liberarsi di cibo e plastica. Tutta quella plastica, tutti quegli zuccheri raffinati, tutte quelle farine bianche, tutti quei sapori sovrapposti. Digiunare, purificarsi. Smetterla di essere sedotta dalle confezioni, dai colori. Provare una fame vera, un desiderio non corrotto.

Era questo che provava sua figlia? La necessità di liberarsi dall'eccesso, il superfluo di cui si vive nei Paesi ricchi, o era solo dall'eccesso del suo amore che voleva svincolarsi?

Ecco, lo aveva detto. Nel ristorante erano rimaste solo loro tre e una coppia a un tavolo nella parte opposta del grande salone. Le parole di Sara suonarono definitive, pur essendo una domanda. Non trovarono altro da aggiungere.

Alla cassa, mentre pagavano, Antonia dubitò che le avrebbe riviste, che si sarebbe ripetuta una cena del genere. Invece, durante il tratto di strada che percorsero insieme, ognuna diretta alla propria auto, Alice propose di tornare nello stesso posto la settimana successiva, dopo l'incontro in ospedale. Sara accettò e Antonia si scoprí a dire di sí con una certa precipitazione. Si salutarono, ciascuna col pensiero di avere fatto tardi.

Il mattino seguente Pietro era arrivato presto per la mungitura e la pulizia della stalla.

Antonia aveva dormito poco e male, alzandosi un'ora abbondante dopo l'orario in cui era solita farlo. Lasciò che fosse Paolo a occuparsi della colazione e si mise subito a preparare ricotte e a rigirare i tomini che aveva confezionato il giorno prima; il fornitore di due ristoranti veniva a ritirarli nel pomeriggio. La superficie giallognola si era gonfiata al punto giusto dentro gli stampi, il clima stabile di quei giorni aiutava. L'odore del siero nella vasca di riscaldamento piaceva ad Antonia, quando i primi grumi affioravano provava la stessa soddisfazione di quando da piccola il nonno la portava al caseificio e lí sbirciava dove poteva; piú di tutto, le piaceva osservare il venire a galla della ricotta: una cosa che si faceva da sé.

La prima che raccolse, in una delle tante coppette di plastica traforate, pensò di portarla ad Anna. Non era ancora uscita col padre per andare a scuola.

La prima era sempre stata la sua, anche se da almeno due anni non le interessava piú. Entrò in cucina e la appoggiò sul tavolo. Anna si stava preparando e le diede un'occhiata di sbieco. Antonia si aspettava che le dicesse, tanto lo sai che non la mangio, invece le comunicò che sarebbe stata fuori tutto il giorno, aveva compiti da fare con un'amica e poi magari sarebbero uscite in città. Forse non dovevano nemmeno aspettarla per cena. Antonia si limitò a replicare: – Sei sempre fuori.

Avrebbe voluto darle un bacio sulla nuca, l'unica parte del corpo di Anna che non sgusciasse via da lei. Ma Anna si girò e le disse che preferiva starsene in città, e che proprio non capiva perché dovessero vivere lí, e perché con una laurea in Biologia si fosse dedicata ad allevare animali, mentre a lei di quel posto, sguardo allungato fuori dalla finestra fino alla piscina, non fregava niente.

All'inizio, due anni prima circa, non ci avevano dato molta importanza, né lei né Paolo. La vedevano mangiare di meno: si sarà messa a dieta, in effetti era diventata un po' rotondetta, sono cose che passano, è l'età dello sviluppo, poi le torna la fame. I chili se ne erano andati in fretta, uno dopo l'altro, la fame non era tornata. Anna aveva sviluppato un regime di controllo austero del cibo, soppesato al millesimo per qualità, provenienza e soprattutto quantità. Il pane, i dolci, la cioccolata, i formaggi erano stati banditi dal suo piatto, dove si ammonticchiavano invece cavolfiore bollito, zucca lessata e spugnose porzioni di tofu alla piastra. In contemporanea era partito l'accanimento sportivo: in palestra anche quattro volte alla settimana e poi correre e nuotare, mai per meno di due ore.

Piú ancora dei chili che si volatilizzavano, Antonia si era accorta dell'ossessione mentale, una specie di metronomo che batteva nella testa di sua figlia scandendo le ore, le calorie, la distanza rispetto al mondo, rispetto a lei. E cosí mentre aggiungeva un cucchiaio di olio di nascosto ai quaranta grammi di pasta di sua figlia, e seguivano insulti e recriminazioni, e l'odore acido dell'adolescenza coperto da quello del deodorante le arrivava dritto al cervello, Antonia aveva avuto un contraccolpo fisico.

Si era sentita invecchiata, stanca, appiattita. Dov'era finita la riserva di energia cui aveva attinto per anni? Una donna di mezza età che sino a un minuto prima era contenta e orgogliosa della vita che si era costruita, emancipandosi da una famiglia d'origine che giudicava ottusa, per costruirne una piú libera e allegra, e ora si vedeva impotente.

– Forse dovresti parlargliene, – le aveva detto Paolo. – Vi avvicinerebbe –. Glielo aveva ripetuto anche la notte precedente, quando era rientrata tardi. Lui si era svegliato nel letto, l'aveva abbracciata e anziché fare l'amore – abbracciarsi era il simulacro che ne teneva vivo il ricordo, ma non era sufficiente a risvegliarne il desiderio – avevano ricominciato a parlare di Anna.

– Avevi piú o meno la sua età di adesso.

Antonia si era rannicchiata, braccia e ginocchia piegate nell'abbraccio di Paolo. No, non gliel'avrebbe raccontato. Non ne era capace. Si vergognava. E poi era una cosa del passato. Non aveva nulla a che fare con la malattia di Anna.

Il passato era ciò su cui si aveva meno controllo, aveva detto Alice. Magari avere un passato a cui attribuire la responsabilità, l'aveva corretta Sara.

Antonia continuò a pensarci per tutta la settimana, mentre consegnava formaggi e faceva ordinativi di caglio, mentre riceveva il veterinario, poi raccoglieva le uova delle galline, le puliva e le metteva in fila nei contenitori di cartone. Le uova, cosí perfette, cosí autosufficienti. Una gallina poteva covare quelle di un'altra senza accorgersene, un pinguino maschio si accovacciava sopra l'uovo prodotto dalla femmina e lo proteggeva dal vento e dal gelo durante il lungo inverno artico fino alla schiusa, ma per i mammiferi era un'altra storia, ci voleva una madre, c'era sempre una madre, e a lei sarebbe andata la colpa di tutto quanto poteva accadere al piccolo.

Antonia cercava di allontanarsi da questi pensieri, come agli incontri del gruppo scuoteva la testa ogni volta che sentiva un genitore intestarsi la malattia della figlia. Ci riusciva nella mezz'ora di nuoto che si concedeva, la mattina o nel pomeriggio, vincendo il freddo, mischiandosi all'acqua della piscina che aveva voluto cosí simile all'altra conosciuta nella sua giovinezza, quando aveva vissuto negli Stati Uniti e in un certo senso anche lei scappava da sua madre.

Dopo essersi tuffata, per i primi cinque minuti la testa si svuotava, poi con il procedere delle bracciate tornavano le domande, i dubbi. Paolo aveva ragione, avrebbe dovuto raccontare ad Anna. Emergeva dall'acqua, inspirando il cloro e l'odore dell'erba, ed era risoluta a non raccontare niente. A tacere con Anna, e con chiunque. Taceva da ventisei anni.

Al terzo incontro con il gruppo dei genitori c'era stato un momento di stagnazione. Sembrava che nessuno volesse aprire bocca. La moderatrice aveva iniziato dicendo che, finite le scuole, le figlie erano a casa, probabilmente meno stressate: poteva essere un buon periodo anche per le famiglie.

Nessuno annuí. Ci fu un prolungato silenzio, la moderatrice sorrideva incoraggiante, ma nessuno apriva bocca. L'ansia di pranzi e cene condivise, senza piú la scusa dell'essere fuori col tempo pieno e gli impegni scolastici, le vacanze all'orizzonte, i corpi seminudi in spiaggia, ossa sporgenti, ombre di irsutismo, le bibite e i gelati che sarebbero stati rifiutati, e i non mi va, non ne ho voglia, quante volte ti devo dire che non ho fame. Nemmeno di una fetta di cocomero, che è solo acqua?

Questo era il buon periodo che si profilava.

Un padre disse che ne avrebbe approfittato per fare qualche attività con la figlia, pensava a dei giri in bicicletta. Lo aveva capito dopo gli incontri: erano tutti quanti tenuti in scacco, come cani bastonati, ma bisognava reagire, far vedere che la vita era una cosa che si poteva prendere in mano e godere. Venire lí gli era servito a capire quanto fosse stato passivo. Quanto lo fossero tutti loro. E indicò con un cenno della mano il cerchio.

Stavano lí a compiangersi, a farsi dire da medici e psicologi cosa fare e cosa non fare con le proprie figlie, aggiunse, schiarendosi la voce. Era comprensibile, i primi tempi, cascare nei ricatti, sentirsi fra l'incudine e il martello, dopo però bisognava reagire. Altrimenti il gioco poteva andare avanti all'infinito.

Il cerchio fu percorso da un fremito e poi da mormorii, una madre disse: – Si vede che tua figlia non è mai stata grave.

Un padre timidamente disse che era d'accordo: non si poteva solo subire la situazione, talvolta la buona volontà dei genitori non bastava, per questo occorreva una guida, e d'altronde non erano tutti quanti lí con quello scopo?

La moderatrice colse l'occasione per ricordare che il gruppo doveva servire ai genitori come supporto, che la cura vera e propria delle figlie era affidata all'équipe medica e che potevano usare quello spazio per esprimere i sentimenti che censuravano o non avevano il coraggio di manifestare altrove.

Antonia, che era arrivata in ritardo, aveva avuto la sensazione, mettendosi a sedere nel cerchio, di inserirsi in una catena fragile e coercitiva al tempo stesso. Guardò verso il centro, nel vuoto che si apriva fra di loro. Se ci avessero scagliato dentro ognuno la propria rabbia, la propria frustrazione, i propri segreti, avrebbe retto o si sarebbe squarciato?

– E se tua figlia rifiuta di fare qualsiasi cosa con te? – chiese una madre con la voce calma ed esasperata di chi aveva già provato non una, ma diverse volte, quell'esperimento.

Il padre le rispose che non si aspettava un sí entusiasta, ma non avrebbe mollato. Come in un corteggiamento: chi la dura la vince. Non ne poteva piú di quella barricata, i genitori da una parte con le loro preoccupazioni, le figlie dall'altra con le loro ossessioni. Cosí non si andava da nessuna parte.

Alice prese la parola e disse che la metafora del corteggiamento le pareva bella, anche se era da vedere che potesse funzionare. Di sicuro quando si era coinvolti in una sfida amorosa diventava piú facile lasciar perdere il resto, forse finalmente ci si stancava di essere ammalati. Sí, anche fra genitori e figlie dovevano esserci delle sfide amorose.

Di nuovo si produsse un brusio nel cerchio. Antonia sentí le parole competizione e sfida ripetute, ma ebbe l'impressione che a turbare fosse l'idea dell'amore come sfida, qualcosa di sfuggente e sottratto al controllo che s'insinuava là dove tutti sembravano volere solo una tregua, una distribuzione pacificata delle parti. Madri, figlie, padri: ognuno al suo posto.

Una madre alzò la mano, non aveva mai parlato fino a quel momento, e nemmeno agli incontri precedenti. Disse: – Io odio mia figlia. Sí, – ripeté, – la odio per quello che mi sta facendo passare, per la preoccupazione che mi mette addosso e piuttosto che corteggiarla, sono io ad aver bisogno di essere corteggiata. Sono io che sento il bisogno di qualcuno che mi ridia un po' di vita, che non mi riduca al ruolo di guardiana dei bilancini e delle calorie, del risentimento, dei divieti in cucina, del malumore di mio marito e della tetraggine che si respira in casa.

Ci fu qualche colpo di tosse e qualche risatina di assenso. Una madre disse: – Ne avremmo tutti un gran bisogno.

La moderatrice commentò che avevano toccato un punto importante. Non era facile esprimere in pubblico sentimenti di aggressività nei confronti dei propri figli, ne era consapevole e per questo li ringraziava.

Antonia cercò nelle facce intorno a sé: chi di loro non era piú coinvolto da tempo in una sfida amorosa, come l'aveva chiamata Alice, e come si faceva a capirlo? Erano cosí adagiati ciascuno nella propria parte – moglie, marito, genitore – da dare per scontato ciò che non lo era affatto.

La moderatrice disse che il gruppo si sarebbe riaggiornato a settembre, di mezzo c'erano luglio e agosto di pausa estiva. Sperava di ritrovarli al suo rientro.

Antonia, come sempre, si alzò con un misto di sollievo e riluttanza. Alice e Sara l'aspettavano sulla porta, non avevano dimenticato il loro appuntamento.

Ordinarono dei primi, ravioli ripieni di carciofi e formaggio. Sara era piú turbata e a disagio rispetto alla volta precedente. Disse che aveva capito: era una questione di potere. Se lei metteva un piatto di pasta davanti a sua figlia, le stava dicendo: io ho il potere di nutrirti, di farti vivere. Come quando da neonata l'aveva allattata. Ma sua figlia non era piú neonata, era grande, e rifiutandosi di mangiare era come se le dicesse: tu non hai piú potere su nulla che mi riguardi. Forse era stato cosí anche con sua madre, Sara le aveva sempre riconosciuto un enorme potere. Pure adesso che aveva quarantasei anni, non passava giorno che non la chiamasse al telefono. Per dirle cosa, poi? Niente di speciale, si scambiavano commenti sul tempo, sulla politica, sua madre le elencava le presunte mancanze della badante della nonna ultranovantenne. Mai meno di un'ora al telefono. L'impressione che le giornate non potessero scorrere senza che lei fosse presente nella sua vita, anche solo per chiederle: cosa prepari oggi a pranzo? E cosí sua madre controllava lei che a sua volta doveva controllare sua figlia. Non essere invadente, tu la stressi. Ma intanto, ogni volta: ha mangiato oggi? Sta mangiando di piú la mia nipotina?

Alice disse che per lei il problema non era stata sua madre, ma suo padre, morto quando aveva otto anni. Fece una pausa, bevve un sorso di vino, poi aggiunse: – È una storia vecchia, che forse c'entra poco con quello che sta succedendo a mia figlia.

Antonia e Sara rimasero in attesa. Alice disse che era andata a trovare sua madre, quel pomeriggio. Si era stancata di starsene seduta al suo fianco: per un'ora la madre aveva guardato fuori dalla finestra e a intervalli piú o meno regolari, ogni tre o quattro minuti, esclamava: «Come sono belle le rose quest'anno! Piú belle degli anni passati, sarà per via della pioggia».

Le rose del vialetto, rampicanti annodate ad archetti arrugginiti che formavano un romantico berceau color cipria, non erano sembrate ad Alice piú rigogliose del solito, anzi dalle foglie un po' ingiallite si capiva che erano carenti di ferro. Ma era inutile farlo notare a sua madre. Magari annuiva, diceva: «Eh certo». Poi lo dimenticava subito. Non tratteneva piú nulla in presa diretta, restavano solo sedimenti di passato, e anche questi sempre piú pericolanti. Perciò Alice le sorrideva, le diceva parole semplicissime, come quando era bambina.

Quando andava a trovarla, prendevano il tè, piú spesso una camomilla perché la malattia fin dal suo primo manifestarsi l'aveva resa irrequieta e poi quella di bere una tisana rilassante era rimasta come abitudine. Facevano le tipiche cose mamma-figlia, solo coi ruoli invertiti: sceglievano insieme il vestito da indossare per il giorno seguente e lo sistemavano sull'appendiabiti in camera da letto, in modo che Nurial, la badante, potesse vederlo, controllavano le medicine da prendere, disposte in una scatola e numerate giorno per giorno.

Sui vestiti s'impuntava, senza ragione. Su un golfino che aveva sempre amato, un giorno, all'improvviso, aveva piantato una tigna micidiale. Il giorno dopo l'aveva indossato senza battere ciglio. Ma era dimagrita, le stava largo, e Alice vedendola si era domandata di chi fosse il corpo ristretto, il volto coi lineamenti illeggibili che non esprimevano quasi piú niente, se non lontananza ed età.

Aveva smesso di domandarselo, aveva accettato che sua madre dismettesse la coscienza vigile, le intenzioni e, piano piano, anche i ricordi. Chissà da quanto desiderava farlo e in quanti, a un certo punto della vita, desiderano perdere contatto con la complicatezza di essere una persona intera per ritornare a essere un corpo e basta, e poi nemmeno piú quello.

Alice allineò le posate sul piatto vuoto, come per allineare i pensieri, e proseguí.

A volte la memoria di sua madre si rifiutava di riconoscere perfino il suono della sua voce: «Mamma? Mamma, sono io. Come stai oggi?»

Lo sguardo appannato, uno scuotimento leggero della testa: «Mi chiamo Gabriella Baccolini, abito al numero 37 di via Ferrarese, Bologna. Mia sorella si chiama Agnese. A casa stiamo tutti bene».

Alice le prendeva allora una mano e gliela accarezzava, la madre ripeteva la frase, una volta, due, tre, quattro, cinque. Era spossante tenerne il conto. Baccolini, 37 via Ferrarese, sorella Agnese. Bologna, siamo due sorelle, Gabriella e Agnese, al numero 37, via Ferrarese. Stiamo tutti bene, a casa.

Un ritornello rassicurante in cui sua madre metteva ciò che sapeva, che era rimasto, che non era stato ancora corroso. Provare a tirarla fuori dal civico in cui aveva vissuto l'infanzia per riportarla al presente era tempo perso: la bambina della fotografia in bianco e nero col fiocco in testa, sopra la frangia tagliata a scodella, e i calzini corti sulle gambe magre, si riprendeva testarda il suo posto.

Alice avvertiva una nota d'ansia, un'accelerazione che

lasciava immaginare uno smottamento interno, altri luoghi e altre versioni della memoria che si sovrapponevano, quel numero civico assediato dall'incompiutezza della vita di sua madre da un certo momento in poi. Era allora che s'insinuava la ragazza Gabriella, minigonna e occhiali grandi, che sorrideva spavalda appesa al braccio di altre ragazze ugualmente fiere di avere le gambe scoperte. Anni Sessanta. O quell'altra, piú morbida nelle forme, che reggeva in braccio un bebè e si appoggiava con la spalla a un giovane uomo con la barba e i capelli lunghi. Anni Settanta. O l'altra ancora, giovane vedova, che si guardava intorno con l'aria di non riconoscere piú nessuno, e l'unica cosa che sapeva era che sarebbe rimasta cosí per sempre, privata di ciò che conosceva, incerta su cosa fosse la realtà. Anni Ottanta, sino al presente. Infine la settantenne svanita, che prima non ricordava piú dove abitasse, e piano piano dimenticava tutto il resto.

Il viso assente di Gabriella Baccolini a tratti le dava quasi una forma di sollievo, il permesso di congedarsi senza voltarsi indietro.

Ci aveva già provato, ad allontanarsi il piú possibile, eppure mai abbastanza, mai nella maniera definitiva che adesso, invece, la scomparsa nel presente di sua madre le consentirebbe.

Il passato muore o si perde; mai del tutto a dire il vero, ma certo si deforma e rimpicciolisce, se il presente smette di dedicargli un culto assiduo. Su questo erano d'accordo. Antonia annuiva e lanciava occhiate alle pareti del ristorante, punteggiate di tanti volti noti della lirica internazionale, le fotografie e gli autografi si erano accumulati negli anni, alcune foto erano lí da sempre e ritraevano persone morte da un pezzo. Antonia era ancora stupita di essersi dimenticata per lungo tempo di quel locale.

Forse – concluse Alice – era arrivato il momento in cui avrebbe potuto riscriverlo, il passato, o almeno aggiungere i suoi commenti e quindi imprimergli un ordine e un senso diversi – oh, quanto avrebbe voluto farlo, come sarebbe stato liberatorio – ma a che serve un libro del passato se non c'è nessuno con cui leggerlo, con cui commentare i discorsi e le figure finalmente al loro posto?

Antonia fece un ricciolo di burro con il coltello e lo distese sulla fetta di pane, con un altro coltello prese un grumo di marmellata di fragole e lo spalmò sopra, ci mise un certo accanimento nel far combaciare gli orli dei due strati, quello giallino del burro e quello semitrasparente della marmellata.

Dall'altra parte del tavolo Anna la osservava spazientita. Poi si alzò brusca, afferrò una manciata di cereali, li portò alla bocca e con la mano libera raccolse la tazza vuota e la lasciò cadere nel lavello. Il rumore della ceramica si confuse in mezzo alla pubblicità che veniva dalla radio accesa.

Prima di andarsene fissò sua madre. Antonia inclinò la testa e le sorrise, non aveva ancora addentato la tartina che si era preparata con tanta cura e che era posata davanti a lei.

– Fra venti minuti usciamo, – disse Paolo, rivolto ad Anna ormai sparita sulle scale, e sfiorando il dorso della mano di Antonia: – Sei tornata tardi anche ieri sera.

– L'una, – puntualizzò Antonia deglutendo il primo boccone, poi aggiunse: – Ho fatto amicizia con due donne, si chiamano Sara e Alice. Non ci assomigliamo per niente, ma ci piace fermarci a parlare. Dopo le sedute in ospedale andiamo a mangiare insieme. Direi che averle incontrate è la cosa migliore che ne sia venuta fuori.

– E parlate di loro? – chiese Paolo.

– No, parliamo di noi. Sara, ad esempio, ha una vita normalissima, una famiglia che lo è altrettanto. Insomma, le solite cose, qualche tensione fra generazioni, nulla di piú. Assomiglia a sua figlia come una goccia d'acqua. Alice invece ha una storia piú complicata, a quanto pare. Una madre ammalata e un padre morto da tempo, di cui ancora non ci ha detto molto. Non so come sia nata la confidenza, però mi fa bene.

Antonia aveva finito il caffè, il secondo della giornata, il primo lo aveva bevuto all'alba. Paolo prese la tazza ammonticchiandola sulla propria. – E hai parlato di te?

– Non ancora, – ammise Antonia.

– Pensi di farlo?

– Vorrei, ma chissà se ne sarò capace. Quando racconti un segreto smette di essere tale. E per me quello che è successo quando ero in California conserva un briciolo di verità finché non ne parlo.

– Con me lo hai fatto, però.

– Con te volevo costruire la mia famiglia.

– Che per definizione è una tana di segreti, – disse Paolo con una punta di canzonatura, – però anche con loro vuoi costruire qualcosa. Un'amicizia, o sbaglio?

– Non sbagli. Ma da dove potrei partire? Loro hanno un padre o una madre con cui fare i conti. Io invece ho me stessa e la mia vergogna.

– Sei sempre cosí dura. Pensaci, a guardare le cose da un'altra prospettiva non ci sarebbe nulla di cui vergognarsi in quello che hai fatto, anzi.

Ad Antonia sarebbe piaciuto che Paolo proseguisse, ma Anna era di nuovo sulla porta, zaino in spalla: – Io sono pronta.

La luce del sole la colpiva da dietro e tra le gambe esili filtrava un fiotto troppo largo, tutta la sua figura era cosí sottile da poterne essere attraversata. Per un momento Antonia provò rabbia per la fierezza con cui il corpo emaciato di sua figlia si esibiva. Anche lei a suo tempo aveva esibito: pelle dorata, forme morbide, la giovinezza che si espandeva.

Rabbia per quella magrezza maligna che pareva accusarla: non mi hai nutrita abbastanza, non mi hai amata abbastanza.

Li salutò, Anna e Paolo che uscivano, rimanendo del tutto assorta nei propri pensieri: cos'era la vergogna? Il sentimento che accompagna qualcosa che si è commesso o che è capitato senza averne il pieno controllo, senza che si potesse dire lo rifarei. Per lei non si trattava nemmeno di quello; probabilmente lo avrebbe rifatto. Non era del suo gesto che si rammaricava, ma della sua fuga, dopo averlo compiuto. Del fatto che avesse voluto cancellarne la vista e ogni possibile legame.

Forse per questa ragione Paolo aveva smesso subito di venire agli incontri in ospedale, perché i padri che gli stavano di fronte gli ricordavano troppo da vicino la sua stessa condizione, si vedeva riflesso in loro.

Mentre lei di quello svergognarsi aveva bisogno. Aveva bisogno di arrivare fino in fondo al racconto di Alice e non vedeva l'ora di poter passare di nuovo tre ore di seguito nel ristorante vicino al teatro, dove tutto era familiare e remoto al tempo stesso, come possono esserlo i volti delle persone famose, e come lo diventano le ossessioni coltivate piú a lungo.

Sulla tavola erano arrivate delle coppette di gelato alla crema con mirtilli, nessuna di loro sembrava ricordarsi di averle ordinate. Eppure erano lí, profumate. Avevano ripreso a parlare da dove si erano interrotte la volta precedente. Sara disse, rivolgendosi ad Alice: finora ci hai raccontato solo di tua madre.

Alice rispose che era vero e che sua madre da un certo momento in poi era stato l'unico legame con suo padre. Anche quel pomeriggio, in cui era andata a trovarla, prima del loro incontro. Avevano bevuto un infuso alla menta. Le tazze di porcellana col residuo verde sul fondo erano un pericolo. Alice le aveva prese dal tavolinetto e le aveva portate nel lavabo in cucina, prima che sua madre le facesse cadere, rischiando a sua volta di inciampare nei cocci. L'avevano già trovata con inspiegabili tagli sulle braccia, per poi scoprire che aveva rotto un vaso di marmellata, scovato a pezzi da Nurial sotto una credenza, una scia nera di formiche intorno. Vedeva le cose, o le scambiava per altro? A quello stadio della malattia non era facile a dirsi.

Sua madre stava ancora guardando fuori dalla finestra, mentre Alice si preparava per uscire. Le aveva appoggiato una mano sulla spalla e la madre, girandosi, aveva detto: «Le ha potate Giorgio», con un moto d'intesa, come se stesse parlando non a sua figlia, ma a un'amica, e indicava le rose del vialetto.

Non nominava il marito, suo padre, da moltissimo tempo.

«Vado, mamma, ciao. Ci vediamo presto», le aveva detto.

La madre aveva risposto: «Ciao Brughi», strizzandole l'occhio.

Erano quasi quarant'anni che nessuno la chiamava piú cosí. Aveva provato tenerezza: dentro quel nomignolo risuonavano le favole di Rodari, le case sugli alberi, la sigla d'inizio delle trasmissioni Rai.

La ricordavano anche Sara e Antonia: *Tutto cangia, il ciel s'abbella*, e la spirale bianca sul cielo azzurro dei vecchi schermi televisivi convessi. La musica era il finale del *Guglielmo Tell* di Rossini, ad Alice faceva venire in mente due genitori giovani e belli come dovevano essere i genitori di quegli anni, gli anni Settanta, in cui lei era stata bambina. Come sono belli e giovani i genitori del *Settimo sigillo* – quante volte l'avevano guardato insieme! – gli unici che scampano alla morte, perché solo la giovinezza e l'ardore possono sconfiggerla. Non era vero, ma bisognava crederci. Ogni generazione lo faceva, e quella dei suoi genitori lo aveva fatto nel modo piú ostinato possibile, concluse Alice.

Le capitava, uscendo da casa di sua madre, di guardare le fotografie appese nel corridoio. A dire il vero non aveva nemmeno bisogno di guardarle, anzi aveva l'impressione che fossero loro a guardare lei, che era cambiata nel tempo, anno dopo anno, mentre loro erano rimaste uguali. Corpi abbronzati sulla spiaggia e in montagna, le pance morbide senza essere grasse di chi non ha ancora conosciuto l'ossessione delle diete, i capelli folti e sempre lunghi, gli occhi animati di chi crede sarà possibile costruire il mondo a propria immagine e somiglianza, in una felice appartenenza, come si appartengono quelle pelli intatte, quelle facce distese e piene.

Eravate pazzi, le veniva da dire ogni tanto fissandoli, pazzi e spergiuri, e siete stati fregati.

Sara la interruppe e disse che anche lei guardava le foto della sua infanzia coi genitori e si stupiva sempre dei corpi, pancette e cosce fasciate nei pantaloni a zampa di elefante e nessuno che se ne vergognasse. A un certo punto doveva essere spuntata in casa una videocassetta di esercizi di aerobica di Jane Fonda, anche se non ricordava di aver mai visto sua madre in tuta da ginnastica, magari faceva gli esercizi di nascosto, quando non c'era nessuno nei paraggi.

Tornando al soprannome Brughi, riprese Alice, serrando le dita delle mani davanti a sé, era nato una domenica pomeriggio di fine primavera, doveva essere il '75 o il '76. Suo padre aveva mantenuto la promessa di costruirle una casetta in giardino, sotto il pero. Alice aveva una camera da letto spaziosa con molti giochi, bambole e una cucinetta, ma le era stato proibito di tenere acqua, erbe e sassi, cosa che poteva fare in giardino, perciò le serviva un rifugio. Erano andati insieme il sabato pomeriggio a comprare il necessario in una ferramenta e in una falegnameria. Lei lo avrebbe aiutato, questo era il patto.

Stava tenendo insieme due assi di legno, quando suo padre le aveva detto: «Passami una brugola dalla cassetta degli attrezzi».

Alice non sapeva quale fosse la brugola e gli aveva mostrato tre diversi pezzi, di cui l'ultimo era quello giusto. Suo padre l'aveva preso e le aveva insegnato a usarla. «È divertente la brugola», aveva detto Alice, intendendo piú la parola che l'oggetto in sé; le piaceva il suono.

Suo padre l'aveva osservata avvitare per qualche secondo poi: «Guarda, guarda. Mani lunghe e delicate, adatte a lavori di precisione, lavori di fino. Brughi. Potrei chiamarti Brughi. Ti piace?»

Alice aveva provato una felicità che neanche poteva dire per non rischiare di sprecarla e che superava le cose già bellissime che sentiva, la dolcezza dell'aria di primavera – si poteva stare in giardino solo con una felpa – l'odore della pizza che sua madre stava cuocendo in forno e che arrivava dalla finestra aperta.

La felicità con suo padre, quando accadeva, andava oltre, verso qualcosa di meno definito di ciò che aveva un nome e un contorno preciso, era una specie di espansione.

In seguito aveva chiesto a sua madre quali fossero i lavori di fino e lei, sdraiata sul divano in cerca di sollievo dall'emicrania che arrivava alla fine della settimana lavorativa, di solito proprio la domenica sera, le aveva risposto: la sarta, l'orafo, il dentista, il chirurgo. Alice conosceva una sarta e conosceva un dentista, a nessuno dei due associava il tocco magico che suo padre le aveva fatto immaginare potesse sprigionarsi da mani lunghe e delicate, come aveva definito le sue, ma sul chirurgo e sull'orafo poteva fantasticare parecchio.

Per tutta l'estate e l'autunno inoltrato aveva giocato dentro la casetta, anche quando faceva molto caldo o tirava già il vento pieno di foglie secche. Quanto le era piaciuto che suo padre la chiamasse fuori dal suo rifugio usando sempre il nomignolo Brughi. Evocava cose piccole e preziose, misteri.

Si era convinta che esseri speciali visitassero la casetta quando lei non c'era, elfi o gnomi – suo padre le assicurava di averne visto uno di notte – ma forse anche fate, e portavano qualche sorpresa, una rosa o un cioccolatino, si divertivano a spostare gli oggetti come se cercassero di mandarle messaggi in codice. Allora lei studiava un cucchiaino fuori posto, un tracciato di foglie che forse conduceva da qualche altra parte in giardino. Aveva provato a uscire col buio, quando questo genere di avvistamenti doveva essere piú propizio, ma suo padre l'aveva subito scoperta e richiamata: «Brughi, dove vai a quest'ora?» Era stata contenta di farsi portare in braccio da suo padre a letto, dopotutto non era cosí sicura di volere incontrare elfi e gnomi da sola.

La casetta non aveva retto il peso di una grossa nevicata, arrivata quell'anno anzitempo, a metà novembre. Il tetto era crollato e i muri si erano imbarcati. La primavera successiva suo padre non aveva avuto modo di rimetterla in piedi e si era limitato ad accatastare i legni nella rimessa. Anche il nomignolo Brughi era caduto in disuso.

Per qualche tempo l'aveva chiamata Lucciola. L'aveva battezzata cosí una sera di maggio in cui erano andati in bicicletta a sentire un comizio – il genere di cose a cui suo padre partecipava spesso, tanto che lei all'epoca era convinta che andare ai comizi, sfilare in grandi gruppi per le vie e per le piazze fosse il suo lavoro.

Nel parco dove si teneva l'incontro, Alice aveva scoperto i lumini a intermittenza che sbucavano in mezzo alle siepi e lungo un fosso. Lumini notturni, li aveva chiamati. «Sono lucciole», le aveva detto suo padre lasciandola libera nel prato, mentre si dirigeva verso un palco basso dove un tizio parlava al microfono. Alice le aveva inseguite e aveva cercato di catturarne una, come con le farfalle.

Da vicino, nella conca formata con le mani perché non volasse via, la lucciola imprigionata aveva smesso di illuminare. Perso il bagliore, assomigliava a un moscerino o a certi insetti piú duri che quando li schiacciavi facevano *crac*. Si era domandata se fosse stata lei a far perdere alla lucciola il suo splendore, e aveva deciso di liberarla. Per farlo aveva aperto le mani, ma la lucciola era rimasta incollata a uno dei suoi palmi ancora per un po', come se le piacesse il calore, scura e compatta con le ali chiuse, poi era volata via. Alice l'aveva seguita con gli occhi zigzagare fra i rami della siepe, ma la luce non era tornata.

Quando anche gli altri avevano cominciato a disperdersi, perché quello che parlava al microfono aveva finito e non c'erano piú commenti e domande da fare, suo padre l'aveva trovata seduta lí sotto, lo sguardo fisso verso il folto dei rami.

Le aveva detto: «Sono belle, vero? Ma non devi toccarle».

«Eh, lo so. Altrimenti si spengono».

In quel momento Alice era stata circondata da tre lucciole, immobile si era goduta l'aureola che le disegnavano intorno.

«Gli piaci, vengono da te. Sei come loro».

«Vorrei tanto», aveva sospirato Alice.

«Lucciola. D'ora in poi ti chiamerò Lucciola».

Alice aveva esultato quando il padre l'aveva chiamata cosí davanti a sua madre – Lucciola, portami il giornale per favore – ma anche davanti ai suoi amici – Lucciola, non sarebbe ora di andare a letto?

Poi però lui se ne dimenticava, e lei ritornava Alice. Dopo Lucciola per qualche mese era stata Titti, come l'uccellino pauroso e mellifluo dei cartoni animati, e poi di nuovo solo Alice. Con la stessa facilità con cui inventava un nomignolo, suo padre se lo dimenticava e quello non esisteva piú. Alice si sentiva come i lumini notturni che potevano perdere la luce e ritornare cupi insetti.

C'era stato un momento preciso in cui i nomi erano spariti di colpo. Quando suo padre aveva cominciato a passare piú tempo nel seminterrato che chiamavano cantina, ma che in realtà era un ampio salone con un tavolo da pingpong, un divano e scaffali ingombri di oggetti, riviste, dischi. Non era mai solo, c'erano altri appartenenti come lui al sindacato, che era il posto dove lavorava: Alice lo aveva finalmente imparato. Le aveva spiegato che quando lavori c'è sempre qualcuno che ti vuole sfruttare e lui doveva evitare che questo avvenisse, doveva difendere i diritti dei lavoratori. Si ritrovavano lí, nel dopocena, ma a volte anche dopo il lavoro. Alice ne sentiva dal piano di sopra le discussioni animate, cercava qualsiasi scusa per scendere a dare un'occhiata, non era semplice, sua madre le diceva che erano cose da grandi. Una volta era riuscita a intrufolarsi, con il pretesto di portare un pacchetto di sigarette. Stavano dipingendo scritte con la vernice su grandi lenzuoli bianchi. Una recitava: ASSALTO ALLO STATO. Un'altra: DECRETO LO STATO DI FELICITÀ PERMANENTE. Quest'ultima le era piaciuta perché conteneva la parola felicità, anche se all'epoca non sapeva cosa volesse dire «permanente», la usava sua madre a proposito dei capelli e del parrucchiere. Alice aveva riprodotto le scritte con le stesse maiuscole nere su fondo bianco sul suo album di disegni.

Poi una mattina di fine dicembre era stata trasferita in braccio, ancora in pigiama e mezza addormentata, nella casa accanto – come faceva sua madre a essersene scordata? In seguito aveva negato che fosse andata cosí. Alice si era portata dietro proprio quell'album. Elvira, la vicina che l'aveva accolta, aveva notato le scritte sull'unico foglio non riempito di disegni e le aveva lette ad alta voce, commentando soprappensiero: «Eh, fosse cosí semplice decretare la felicità».

Alice si era ricordata con un certo senso di colpa, un po' di tempo dopo – ma la scansione dei mesi e degli anni di quel periodo le è sempre sfuggita – di aver mostrato l'album a Elvira, di aver permesso che leggesse le scritte che venivano dai lenzuoli verniciati giú in cantina. Forse Elvira lo aveva riferito alla polizia. Forse Elvira aveva visto dell'altro, armi magari, entrare nella tavernetta. Se era vero ciò che diceva sua madre a quei tempi, e cioè che c'era tutta una cospirazione per incastrare suo padre.

Quel che ricordava lei era che nel suo lettino singolo sfregava i piedi contro le lenzuola per scaldarsi. Sentiva l'umido dappertutto, sulla testa, sulle palpebre incollate e sulle piante intorpidite dei piedi. Per un po' non aveva saputo, poi aveva origliato i discorsi di sua madre al telefono e aveva cercato di immaginare, ma l'immaginazione la tormentava, la portava in luoghi incerti, muri neri, sbarre, porte chiuse da cui era difficile liberarsi. Al biglietto che suo padre le aveva fatto arrivare, da quel luogo che sua madre non aveva mai chiamato per nome, ma dal quale lui non poteva uscire, Alice non aveva creduto. Lo aveva appoggiato sul comodino di fianco al pesce di plastica colorata che faceva da lampada. «Alice torno presto, tu intanto fai la bravissima. Papà».

Infine aveva saputo. Un giorno era tornata a casa da scuola, riferendo a sua madre che Riccardo Romagnoli, compagno di banco, le aveva detto che suo padre era in prigione, perché era un terrorista. Era successo durante la ricreazione. Subito Alice aveva pensato che fosse per via del fatto che gli aveva rifiutato un morso del suo panino al prosciutto, era già la seconda volta che glielo negava, provocandolo, cosí, a dire la piú grossa cattiveria che gli passava per la testa, a sputargliela fuori insieme a qualche disgustoso fiocchetto di saliva prodotto fra i denti e l'apparecchio odontoiatrico. Ma Riccardo aveva chiamato altri due compagni e loro avevano confermato: a quanto pareva tutti sapevano che il padre di Alice era in carcere. Lungo il tragitto in bicicletta fra la scuola e casa, mentre finalmente poteva piangere senza essere vista, Alice aveva continuato a sperare che fosse un brutto scherzo. Ma anche sua madre era crollata. Nella mesta luce della cucina – c'era la crisi energetica, sulla corrente bisognava risparmiare anche se a febbraio il buio calava presto – sua madre le aveva detto che papà era stato accusato ingiustamente, solo perché voleva difendere i diritti di tutti i lavoratori, e che sarebbe rimasto in prigione ancora per poco, fino al processo, dove lei era certa avrebbe trionfato la verità, cioè che era innocente. Allora sarebbe tornato a casa, ma fino a quel momento lei doveva essere forte, non dare retta a ciò che potevano dirle i compagni, erano tutte bugie. Suo padre non aveva mai fatto del male a nessuno. Non era un terrorista, cioè uno che semina il terrore.

L'aveva stretta in un abbraccio e quello, molto piú delle parole, le aveva dato sollievo. Ma proprio mentre stava abbarbicata a sua madre, aveva fissato lo sguardo sul frigorifero dove vagavano le lettere dell'alfabeto-calamita con cui lei e il padre avevano giocato tante volte. In alto sullo scomparto del freezer era rimasta una frase composta da suo padre: «Dio», spazio bianco e sotto, ma non sulla stessa linea, «non», poi di nuovo sulla stessa linea di Dio, «c'è».

Lo aveva composto poco prima di andarsene e ci avevano scherzato insieme, lo facevano sempre. Uno componeva una frase, l'altro poteva toglierne o aggiungerne un pezzo e vedere se aveva ancora senso, e quale.

Quel «non», lo vuoi o non lo vuoi, le aveva chiesto? Alice aveva risposto che preferiva «Dio c'è», ma le dispiaceva togliere il «non». D'altronde, vedeva spesso la scritta «Dio c'è», su alcuni palazzi in città, e si era domandata se davvero Dio avesse scelto quei luoghi per manifestarsi.

«E se lo mettessimo sotto, in un buchetto fra le altre parole? Cosí se vuoi lo puoi ripescare oppure no», aveva concluso suo padre. Lo sguardo fisso alle lettere nere sulla placca bianca del frigorifero, il vuoto in mezzo la divertiva e la turbava al tempo stesso. Suo padre le aveva detto: «Con le parole è possibile giocare in infiniti modi, e questo è uno. È anche possibile smettere di giocare». Era una delle ultime sue frasi che ricordava.

Era morto in carcere, prima che potesse svolgersi il processo. Infarto. Aveva quarantadue anni.

Ancora adesso non sapeva se suo padre fosse stato un terrorista o se avesse solo aderito a qualche azione un po' estrema tipica di quegli anni. Tanti erano stati arrestati e poi rilasciati. Tanti si erano lasciati coinvolgere in situazioni alle quali poi non erano seguiti fatti. Molti innocenti avevano conosciuto il carcere, e altrettanti colpevoli l'avevano scampata.

Aveva appoggiato azioni eversive, e quali? Aveva ospitato armi nel seminterrato? Questo non si trovava nei capi d'accusa. Ma allora, qual era la sua colpa? Molte delle persone che erano solite frequentare la loro casa non si erano piú fatte vedere, di punto in bianco. Altre le avevano evitate per un certo periodo. Erano stati anni durissimi per lei e sua madre.

Si era sentita ricamare addosso una diffidenza silenziosa. Provava imbarazzo e disagio davanti alle trasmissioni in cui si ricostruivano gli anni di piombo, e quando si commemoravano pubblicamente le vittime. Poi è vero che la gente dimentica ciò che non la riguarda in maniera diretta, ciò che non le serve nell'immediato, i dettagli, le parole esatte, i personaggi secondari, i passaggi intermedi. Tutto ciò che per un giorno è stato cronaca si perde, nel giro di un tempo che una volta era molto piú lungo e oggi tende a essere piú breve perché il flusso di notizie è incessante, diventa prima o poi una nebulosa, un sentito dire, un'impressione e poi nemmeno quella. Ma c'era una vergogna maggiore e quasi indecente per lei: l'amore per suo padre non portava fin dall'inizio una macchia?

Se anche a distanza di anni non riusciva a stabilire chi fosse stato suo padre, era perché lui doveva essere malato di falsità, false le sue parole, false le sue promesse, falso il suo credo. False Brughi, Lucciola e Titti.

A pensarci bene, tutto ciò che aveva fatto nella vita era stato per allontanarsi da quell'inganno, per lavare una macchia. Aveva scelto di studiare Medicina per essere utile all'umanità.

Eppure, disse alla fine del lungo racconto, non riusciva a essere utile a sua figlia.

Uscirono dal ristorante che era l'una di notte. Ombre lunghe guizzavano sui muri e nel canale di luce scavato dai lampioni sulla strada, tra le due ali di portici. Antonia non aveva quasi parlato durante tutto il tempo che avevano passato insieme, mentre Alice raccontava della sua infanzia e di suo padre. Aveva provato un senso di pena e di gratitudine. Nel passato di chiunque poteva esserci qualsiasi cosa, aveva detto Alice fin dal loro primo incontro, e rimaneva un mistero come il passato allungasse le mani sul presente, come lo modificasse di continuo, anche se non c'erano connessioni visibili, anche quando le persone in questione erano morte, o lontanissime. Sagome che apparivano e sparivano sulla parete del portico, intercettate da un faro e poi inghiottite di nuovo dall'oscurità. Camminavano da un po' ascoltando solo il rumore dei loro passi, e di qualche finestra chiusa, quando Sara chiese ad Alice cosa sapesse sua figlia di tutta quella storia.

Alice si fermò un momento, i tacchi dei sandali scricchiolarono sulla palladiana del portico.

– Credi che dovrei parlagliene? – chiese, poi riprese a camminare, ma molto adagio come per assecondare la lentezza di un pensiero che si andava formando. – Conosce i dettagli, – disse. – Ad esempio, che da piccola avevo un pesce di plastica colorata come lampada sul comodino e una casetta di legno visitata dagli gnomi, in cortile. Che mio padre è morto d'infarto quando avevo otto anni. Che aveva avuto qualche guaio con la giustizia. Che negli anni Settanta io venivo portata piú ai comizi che ai giardinetti pubblici. Questo sa.

Erano arrivate a una piazzetta con un paio di panchine e un albero di jacaranda in fiore al centro. Sara propose di sedersi, anche se era veramente tardi, e disse: – Conosce i dettagli, potrebbe farsi un'idea. Ma è dell'amore per tuo padre, che tu le tieni nascosto, è di questo che lei è gelosa.

Alice armeggiò con la borsetta e inaspettatamente tirò fuori un pacchetto di sigarette, non l'aveva mai fatto prima, ne accese una e chiese se ne volevano, poi dopo un paio di boccate disse che secondo certi studi scientifici si ereditano dai propri genitori oltre ai geni del Dna anche i traumi. Anzi che forse sono le proteine del Dna stesso a venire modificate dai traumi. C'erano pareri discordi, in merito, ma pure qualche evidenza.

Antonia si lasciò scivolare sul fondo della panchina, le barre di metallo le premevano contro il sedere e la parte bassa della schiena. Stava scomodissima e al tempo stesso era incapace di risollevarsi. Avrebbe potuto parlare. Se mai c'era stato un momento in cui farlo, con persone disposte ad ascoltarla senza giudicare, era quello; ma non ci riusciva, formulava la frase dentro di sé, una frase semplice, meno complicata della storia che ci stava dietro, eppure non le veniva fuori. Si era talmente abituata a negarla che non le sembrava nemmeno piú vera. Dietro quanti nomi si poteva nascondere il suo segreto, e come resisteva.

Si salutarono. Senza la scusa degli incontri settimanali del gruppo dei genitori all'ospedale, nessuna propose di rivedersi prima di settembre. Promisero però di scriversi messaggi sul telefono, per tenersi aggiornate sui progressi delle rispettive figlie, perché Sara era sicura che qualche progresso ci sarebbe stato.

Quanti dettagli conosceva, ora, della vita di quelle due donne, e non era nemmeno certa che le avrebbe riviste. Antonia ci pensava guidando verso casa, a notte fonda. Era stata una madre troppo presente e apprensiva, almeno quanto Sara, e da giovane aveva compiuto un gesto che per un certo periodo, almeno in Italia, sarebbe stato illegale piú dei manifesti e dell'attivismo sovversivo del padre di Alice. A differenza di Sara e Alice, non era riuscita a parlarne. Era rimasta a fissare l'ombrello lilla dei fiori di jacaranda sulle loro teste finché non avevano deciso di andarsene.

Mentre procedeva piano, sulla strada fuori città male illuminata dagli scarsi lampioni, rivedeva i loro volti, ma non riusciva a tenerli a fuoco; un dettaglio di Alice si sovrapponeva a Sara e poi l'insieme si confondeva in un altro volto ancora, quello di una donna che un tempo era stata sua amica e le aveva cambiato la vita come nessun altro, eppure non aveva lasciato traccia. Antonia l'aveva diluita nel ricordo fino a farla sparire; se la portava dentro, senza piú riuscire a nominarla.

Non fu facile prendere sonno.

Onde nere si sollevavano dal mare e la inseguivano mentre cercava riparo fra gli scogli. Bisognava che stesse attenta a dove posava i piedi perché il fondale nascondeva conchiglie rotte e affilate in mezzo alla sabbia. Era buio, con rari squarci di luce che ingigantivano i marosi incombenti. Sentiva freddo, forse aveva un costume da bagno addosso, forse solo un paio di mutande. Si copriva il seno e gli occhi con le mani, ed era nella piscina, flutti ancora piú minacciosi sferzavano le sue gambe; ora non c'era piú alcun posto verso cui scappare, inghiottiva e perdeva a sua volta acqua, altro liquido usciva dal suo corpo, un odore salato la stordiva.

Antonia si svegliò con la gola chiusa, e tastò il materasso: da quando aveva partorito, diciotto anni prima, ritrovandosi nel cuore della notte con il letto inzuppato delle proprie tiepide acque rotte, le capitava di provare in sogno la stessa sensazione di umido, di perdita e di urgenza. Nel sonno voci femminili l'avevano chiamata con tono di accusa, erano quelle di Sara e Alice, ma ce n'era un'altra che aveva riascoltato con struggimento perché veniva da un tempo lontano. Era la voce di quell'amica, le diceva: sta nascendo. Ma di chi parlava? Chi stava partorendo?

Si girò nel letto dalla parte di Paolo, ne scrutò i lineamenti afflosciati nel sonno e nella penombra, gli appoggiò un bacio sulle palpebre calde. Poi scivolò fuori, raccogliendo al buio i vestiti sulla sedia e il costume da bagno.

Negli ultimi giorni aveva faticato a nuotare, ogni bracciata la gravava, l'acqua opponeva una resistenza superiore al suo peso, aumentato da preoccupazioni che risalivano come correnti profonde. In ogni caso, non sarebbe riuscita a fare un tuffo almeno fino a mezzogiorno.

Si mosse verso il corridoio illuminato dalla prima luce del giorno, la porta della stanza di Anna era socchiusa, la scostò cercando di non fare rumore.

Anna dormiva a pancia in giú, circondata da cuscini rosa di varie forme e da un paio di peluche, residui d'infanzia, un coniglio grigio e un riccio dal pelo arruffato.

Antonia rimase qualche secondo a sorvegliare il respiro disteso che sollevava e abbassava a intervalli regolari alcuni capelli, fili morbidi che volteggiavano sulla testa di sua figlia.

Scese da basso, si vestí, e nell'aria pungente dell'alba entrò nella stalla, dove indossò il camice da lavoro. Gli occhi obliqui delle capre la puntarono e si addolcirono subito dopo, riconoscendola. Accarezzò il muso di un paio che erano venute verso di lei, distribuí il fieno nelle mangiatoie in modo da attirarle verso le postazioni di mungitura. Poi prese il secchio e iniziò da quella che aveva le mammelle piú gonfie. I primi spruzzi dovevano sempre essere manuali, poi infilava le tettarelle automatiche. Mungere le dava un senso di calma. Un lavoro che faceva sentire meglio gli animali e procurava il latte. Una volta Pietro le aveva fatto notare che stavano piú attenti al fieno e alle erbe che mangiavano le capre di quanto non lo fossero al loro stesso cibo. Era arrivata a litigare con il vicino perché si era accorta che lui usava anticrittogamici nel frutteto, come se non sapesse che tutto finiva nelle acque reflue, nell'aria e quindi anche nella sua terra e negli arbusti che brucavano le capre.

Quando aveva cominciato, quindici anni prima, non era ancora esplosa la moda dell'agricoltura e dei prodotti biologici, se una donna si metteva in testa di aprire una piccola fattoria era un'invasata o una fallita; senza contare che per farlo aveva lasciato un lavoro sicuro, in un laboratorio di analisi. Non se n'era mai pentita, non era finita in bancarotta, anzi ricavava uno stipendio dignitoso e soprattutto stava con gli animali, aveva il tepore lanoso delle capre, la fedeltà allegra dei suoi due cani, la petulanza delle galline che producevano uova. Tutta la vita che lei alimentava intorno a sé, stagione dopo stagione. Paolo l'aveva incoraggiata e sostenuta, l'unica che le rinfacciava la sua scelta era Anna. Ma non era sempre andata cosí.

C'era stato un tempo in cui Anna la seguiva ovunque e amava fare le sue stesse cose. Aveva preteso un grembiule da lavoro uguale al suo e appena tornava da scuola voleva andare a raccogliere le uova. Antonia le aveva insegnato come sollevarle senza romperle, facendo scivolare le dita sotto la paglia su cui erano deposte. Quanto piú erano numerose tanto piú Anna si mostrava eccitata. Una volta le aveva chiesto come mai i pulcini nascessero da un uovo anziché direttamente dalla pancia delle galline, come invece facevano i bambini che venivano fuori da quella delle loro mamme. Antonia aveva immaginato che l'insegnante in classe avesse da poco spiegato la riproduzione. Cosa le aveva risposto? Ricordava di essersi seduta su un panchetto di legno e di aver preso un uovo sul palmo della mano. «Vedi com'è duro? Certo, se lo schiacci si rompe, ma la gallina lo cova e lo protegge fino a che non si schiude e il pulcino nasce già formato, si regge sulle sue zampette e dopo poco cammina. Invece un bambino nella pancia della mamma ci sta nove mesi e ci mette quasi un altro anno per fare i primi passi da solo».

«Ma la maestra ci ha detto che anche le mamme hanno un uovo dentro», aveva obiettato Anna.

«Sí, ma è cosí piccolo che ci vuole un microscopio per vederlo. A dire il vero ce ne sono migliaia di quelle uova minuscole, e uno solo una volta al mese scende nell'utero», aveva cercato di spiegarle Antonia, ma Anna l'aveva interrotta e con intonazione cantilenante aveva concluso:

«Poi arriva il semino del papà, si mescola all'uovo e diventa un bambino».

Antonia sistemò l'ultima delle tettarelle inalando l'odore di disinfettante e quello piú dolce e acido del latte. Il liquido bianco scorreva veloce nel piccolo tubo trasparente.

Dopo la mungitura andò nel recinto dove c'era una capra che stava per partorire, l'avevano isolata per tenerla tranquilla fin dalla sera prima, ma adesso stava male. Pietro diceva che il travaglio era iniziato poi si era arrestato, l'animale era in sofferenza, si vedeva da come ansimava, abbandonato a un torpore inerte. Decisero di chiamare il veterinario, sperando che potesse venire prima che fosse troppo tardi; rispose che ci avrebbe impiegato un'ora ad arrivare, nel frattempo non c'era molto da fare.

Verso le otto, Antonia era entrata in cucina per salutare Anna, che le aveva sbadigliato un ciao svogliato mentre stava con la testa abbassata sul display del telefono. Passandole accanto aveva visto sfarfallare il piccolo schermo, come in un cambio repentino di pagina.

– Mi presti uno dei tuoi vestiti? – le aveva chiesto Anna, con un tono che forse voleva accorciare la distanza di prima.

– Quale?

– Uno di quelli che indossavi da giovane, tu conservi sempre tutto. Vado a una festa a tema esistenzialista, stasera.

Salirono al piano di sopra e Antonia aprí l'anta dell'armadio dove erano riposti gli abiti che usava di meno, vecchie borse e sciarpe di seta consumata appese alle grucce. Estrasse da una busta di cellophane un abito di maglina nera di lana, col profilo del collo e delle maniche appena piú chiaro, lo ricordava aderente, ma una volta indosso ad Anna la faceva sembrare una ragnatela, ci fluttuava dentro.

– Hai i fianchi stretti di tuo padre, – si lasciò scappare, e subito le allungò un altro completo, pantalone piú giacchino color blu di Prussia.

Anna infilò prima l'uno poi l'altro e si mise davanti allo specchio: – Faccio orrore. Possibile che tu abbia solo vestiti brutti? – disse con stizza togliendosi il completo e gettandolo sul letto.

Dalla stoffa si sollevò una nuvola di pulviscolo che odorava di antitarme alla lavanda. Antonia starnutí e raccolse gli indumenti scartati per rimetterli al loro posto, un luogo dove lei era giovane e anche con gli abiti cercava di darsi un tono, cercava la serietà, perché da giovani si può essere tremendamente seri anche con le cose che lo sono di meno. Si trovò in mezzo, tra lo specchio e sua figlia. Le diede un pizzicotto su una coscia e le disse: – Sei bella, invece –. Anna fece una smorfia e si sfregò le braccia rabbrividendo, aveva la pelle d'oca. Poi si sporse con la testa dentro l'armadio e disse: – Questo, – indicando un tubino grigio scuro con il collo a scialle e diverse tasche sul davanti.

– Oh quello, – esclamò Antonia, – ti starà largo, lo portavo nei mesi subito dopo la tua nascita –. E per la prima volta mise a fuoco se stessa, nella distanza: lo strazio che era stato partorire e vedere la propria pelle sgonfiarsi come una gomma bucata, tredici chili di pancia ridotti a tre e mezzo di bambina, e poi avvolgere quell'altra pelle, invece tesa e rosea, che chiedeva nutrimento e consolazione per essersi staccata; le minuscole mani e la bocca di Anna erano diventate la forma della creatura che aveva coltivato per nove mesi e che chiedevano ancora corpo, il suo. E lei, Antonia, che si allargava nei vestiti, nei reggiseni, nelle pancere per spremere la propria carne in latte affinché la figlia non provasse mai fame, sconforto, abbandono. Latte per crescere e latte per dimenticare, farle trangugiare oblio per ogni separazione, placare l'ansia, assicurarsi di aver fatto il proprio dovere. Non sembrava mai abbastanza.

Il vestito rivelava in certi punti – all'altezza dei fianchi, del seno – quel prolungato sfondamento, il dovere che aveva modellato il corpo di Antonia e le sue giornate nel corso di lunghi mesi.

Anna volle provarlo ugualmente; fece fare diversi giri al collo prima di trovare una posizione che la soddisfacesse: con le ossa delle clavicole ben in vista, come una collana naturale. Per il resto era largo, una specie di sacco morbido dentro cui confondersi, e forse per questo le piaceva. Si mise a frugare nelle tasche, ce n'erano due cucite su ciascun lato, sotto la vita, e due sul petto.

– Cosa c'è qui dentro? – disse estraendo da una delle tasche sul petto una bustina di seta di un rosso stinto legata con un fiocco all'estremità.

Antonia lasciò che l'aprisse; ne vennero fuori ciocche di capelli chiari, di quel colore indefinito tra il biondo e il castano che spesso hanno i bambini, leggermente arricciate e a loro volta legate da un nastro sottile.

Anna sollevò le ciocche davanti ai propri occhi, come fossero una farfalla rara. Le annusò e disse: – Non odorano di niente.

– Sono i tuoi capelli. Di quando avevi quattro o cinque anni, all'epoca te li tagliavo io, – disse Antonia.

Anna li stropicciò fra le dita, osservandone le sfumature controluce, li tenne sospesi davanti a sé ancora qualche secondo poi li rimise nel loro sacchettino e infine nella tasca del vestito che si tolse e ripose con cura nell'armadio. Antonia osservava in silenzio quei gesti all'improvviso rallentati.

Anna, di nuovo in mutande e canottiera, disse: – Credo non ci sia nulla che fa per me. Mi metterò un paio di braghe nere e una maglietta nera. L'esistenzialismo è questo, no?, domandarsi perché nella vita ci sia tanta oscurità.

– Direi che è una definizione accettabile, – le rispose Antonia mentre chiudeva l'anta, e aggiunse: – Bisogna che scenda, a quest'ora sarà arrivato il veterinario.

– Mamma, – l'aveva richiamata Anna, quando ormai era nella sua stanza.

– Dimmi, – le aveva detto già a metà delle scale Antonia.

– Niente, penso che andrò a correre.

Di sotto Antonia trovò ad aspettarla Pietro con il veterinario; si affrettarono verso la stalla, dove la capra era sempre sdraiata su un fianco, intorpidita e gonfia. Dopo averla accarezzata, palpata, auscultata e averle misurato la febbre, il veterinario le fece un'iniezione per facilitare le contrazioni. Era passata un'ora circa quando Anna si affacciò alla stalla, in tenuta da corsa, accaldata e rossa in viso, con la gatta in braccio alla quale sussurrò prima di lasciarla andare a terra: – Ti amo, grassona!

Antonia, Pietro e il veterinario stavano chini sulla capra in sofferenza. Anna si avvicinò e, senza badare a quanto stava succedendo, disse a voce alta: – Mamma, ha chiamato uno con uno strano accento, americano direi. Cercava te. Ha detto di chiamarsi Jessie Tyler. Richiamerà.

Antonia lí per lí fece un cenno con la testa, come a dire non vedi quanto sono impegnata con questo povero animale che soffre per partorire, poi ebbe uno scatto, si sollevò dal letto di paglia su cui stava ginocchioni e rincorse Anna che era già fuori. Le chiese di ripetere il nome della persona che aveva chiamato. Quando udí per la seconda volta Jessie Tyler, e Anna era certa che fosse quello perché le aveva fatto lo spelling al telefono, Antonia vide per un attimo tutto nero, anche se il sole era alto sulle loro teste, l'odore di camomilla saliva dai cespugli, e Anna sorrideva.

Parte seconda

Sulla soglia dei ventisei anni Jessie Tyler credeva di conoscere la propria vita. Scorgeva nitida la linea fin lí tracciata, da dove era partito e come era arrivato nel punto in cui si trovava: studente dottorando in Antropologia a Harvard, dove aveva sempre ottenuto borse di studio, dimostrando che una ricca famiglia e un'infanzia a Malibu non avevano fatto di lui un *beach boy* dai capelli schiariti o un mantenuto dai vizi canonici come droghe, alcol e automobili di lusso. Si professava socialista e democratico, sostenitore di Obama e ancor piú di Bernie Sanders.

All'inizio dell'autunno era stato piú volte nella scuola pubblica che il padre di Allison, la sua fidanzata, dirigeva in Virginia. Aveva capito che c'era talmente tanto da fare nel suo Paese, in tema di istruzione e diritto allo studio per le classi meno abbienti, da decidere che quello sarebbe stato il suo ambito di lavoro anziché la carriera accademica, come da un certo momento in poi aveva sperato sua madre. Lo aveva annunciato a tavola, davanti a un arrosto di maiale con pasticcio di mele e davanti ai genitori di Allison, entrambi insegnanti. Avevano brindato insieme. A Myrtha, sua madre, ancora non lo aveva detto.

Pochi giorni dopo, Allison lo aveva aspettato fuori dalla biblioteca centrale. Jessie le era andato incontro, felice della sorpresa, poiché quel pomeriggio non avevano in programma di vedersi, ma lei si era scostata quando lui aveva provato ad abbracciarla, e gli aveva detto che dovevano parlare. Jessie non si era allarmato: lui e Allison dovevano sempre parlare. Era stata la militanza politica ad avvicinarli. Si erano conosciuti a un incontro degli attivisti democratici e lui era stato colpito dalla veemenza delle sue argomentazioni: una voce da arringatrice degli anni Sessanta in un corpo minuto, un volto dai lineamenti delicati.

– Parliamo, – le aveva detto mentre camminavano lungo un vialetto costeggiato da aceri rossi che avevano perso ormai la maggior parte delle foglie; solo qualcuna rimaneva attaccata ai rami e Jessie ne notò una che aveva sei punte anziché cinque. Un'anomalia che non aveva mai avuto modo di vedere prima; fu allora che cominciò a innervosirsi e a distinguere esitazioni ambigue nella voce di Allison.

Si lasciarono nell'appartamento che lei divideva con altre due studentesse e dove si erano rifugiati per ripararsi dal vento freddo. Jessie non avrebbe mai voluto sentirsi dire da Allison che non era piú cosí sicura del loro legame davanti alla carta geografica ottocentesca che le aveva regalato per un compleanno, e sulla quale stando sdraiati a letto avevano disegnato col dito i percorsi dei loro viaggi futuri; sarebbe stato meglio fuori, in mezzo alle raffiche di vento che scheggiavano la faccia e portavano via i capelli. Invece era successo nella stanzetta dalle pareti verde pallido in cui avevano trascorso tanto tempo insieme, facendo quello che si fa da innamorati: immaginare un mondo diverso, sentire se stessi in modo diverso.

Non c'era di mezzo un altro, disse Allison. Ma Jessie pensò che potesse mentirgli, e d'altronde: era mai possibile che non si fosse accorto del disinteresse, della noia subentrata? Era da una settimana che non facevano l'amore, calcolò in fretta, frugando nelle tasche in cerca di chissà cosa.

Allison ribadí che aveva bisogno di stare sola. Jessie le chiese: – Intendi sola sola, o senza di me?

– Perché devi rendere tutto piú difficile? – sbottò lei e gli indicò con gli occhi la porta, restando immobile sulla sedia, a gambe incrociate come uno scriba egiziano.

Jessie tornò a casa stringendosi nella giacca per il freddo, una sensazione di vuoto non tanto diversa da quella provata qualche anno prima, quando era appena arrivato dalla California e pativa la mancanza di punti di riferimento. Sommerville era un dedalo di stradine alberate e di nidi studenteschi. In quante di quelle abitazioni con *pignon sur rue*, come avrebbe detto suo padre David, era entrato e non per affacciarsi ai bovindi stretti da fioriere e schermati da tendine dal vago sapore vittoriano, ma per scendere nei piani seminterrati dove trovavano casa gli universitari e dove rimpiangeva sempre la luce di Los Angeles, i vetri a specchio dei palazzi che la moltiplicavano – anche se Myrtha gli aveva insegnato che erano volgari – e le case basse che la lasciavano correre libera nel cielo.

Nel breve tragitto in autobus per arrivare da Pearl Street, dove viveva Allison, a casa sua li vide illuminarsi uno a uno, i bovindi e le finestre di queste case a fisarmonica, alte e strette nel buio precoce, tanti occhi che assorbivano con una specie di avidità tutto ciò che pulsava e aveva un fiato nella lunga notte autunnale della East Coast. Nell'appartamento che divideva a sua volta con un altro studente, mansarda di una Tudor house a due piani, si accasciò sul divano ricoperto da una fodera di chintz logora; ci mise un po' a riprendere calore e a togliersi la giacca, poi accese con il telecomando la televisione, abbassando il volume. Non aveva idea di che cosa stesse guardando, vedeva scorrere davanti a sé immagini alle quali non avrebbe saputo attribuire un senso, e doveva essere lí da almeno un'ora quando sua madre, Myrtha, lo chiamò.

– Torna a casa. Ho bisogno di parlarti.

– Lo stiamo facendo adesso. A questo servono i telefoni.

– Jessie, non ti ho mai chiesto nulla da quando te ne sei andato. Per favore torna a casa, dobbiamo parlare di me e di te. Ti ho già comprato il biglietto.

– Quindi non ho scelta.

– A volte la scelta si riduce a una sola possibilità, e tanto vale non perderla.

– Mamma.

– Ci vediamo domani.

Jessie cenò con un cestino di ravioli al vapore consegnati dal take-away cinese del suo isolato. Andò a dormire presto, come non gli succedeva da tempo, e addormentandosi pensò di essere contento di tornare a Los Angeles, qualunque fosse la ragione per la quale Myrtha lo aveva chiamato con tanta urgenza.

Jessie era in aeroporto il mattino seguente, una leggera nebbia si alzava sui prati ricoperti di brina. In California – aveva controllato sul meteo – ci sarebbero stati 28 gradi. Dal finestrino dell'aeroplano vide il Massachusetts diventare una chiazza verde e poi solo nuvole sfilacciate. Mentre cercava gli occhiali, pescò dal fondo dello zainetto un libro e un dépliant sull'attività dei laboratori di ottica di una scuola che forniva occhiali a chi non poteva permetterseli: era stato uno dei progetti che il padre di Allison gli aveva fatto conoscere. Ripensò al brindisi a casa dei genitori, e all'unica frase con cui Allison aveva giustificato la loro rottura: «Ho bisogno di qualcuno che abbia un suo mondo».

Gli si era aperta una crepa, ascoltando le parole di Allison, come quando, stretto a Myrtha, aveva visto aprirsi una crepa nel muro della sua camera durante il terremoto del 2003.

Cos'era il suo mondo? Per anni che ora gli sembravano quasi eterni nella loro fissità, si era tuffato dal trampolino di una piscina col fondo chiarissimo e ne era riemerso fra le braccia di Myrtha, sua madre, pelle abbronzata coperta di efelidi, occhi come calamite. Per anni aveva bighellonato nel laboratorio di sculture del padre, David, in un bungalow tra le palme del giardino, i capelli lunghi, la barba, le sigarette, la radio perennemente accesa, frasi scritte su fogli di carta appesi ai muri, poesie in francese di cui ora ricordava brandelli: «Quand le ciel bas et lourd pèse comme un couvercle | sur l'ésprit gémissant en proie aux longs ennuis». Ah, la fatica di riuscire a pronunciare quei *longs ennuis*. E che ne sapeva lui all'epoca degli *ennuis* di suo padre? Era un bambino felice. Per anni si era rotolato sulla moquette morbida del salone mentre i genitori ricevevano amici che erano anche clienti di opere d'arte. La loro casa ne era sempre piena. Per anni aveva visitato canyon alla ricerca di fossili e farfalle, e partecipato a seminari di yoga con altri bambini a volte annoiati a volte incuriositi, aveva visitato musei mentre Myrtha gli spiegava i quadri e suo padre si fermava a ricopiarli. Per anni meno lunghi, ma cocenti nella memoria, si era ribellato: aveva sfumacchiato marijuana, come tutti in California, e si era vestito con gli abiti di un *thrift shop*, esibendo un rancore cupo e senza oggetto da cui l'aveva sottratto la passione per la disomogeneità dei comportamenti umani. Aveva conosciuto alcuni ragazzi che come lui facevano gare di skateboard, ma venivano da San Fernando Valley e non abitavano in un canyon percorso dai puma, come quelli che si vedevano ancora nel distretto di Encino, dove aveva la sua villa anche Michael Jackson, bensí lungo le strade tutte uguali di Van Nuys. Vivevano in case bifamiliari, litigavano per il rumore della tosatura del prato con il vicino, e organizzavano azioni di disturbo per richiamare l'attenzione sull'inquinamento letale della Valley. Quegli stessi ragazzi, pur non essendo di origine ispanica, lo avevano invitato a partecipare alla *Latino immigrant demonstration* che aveva invaso la città. All'ultimo anno di college, durante un seminario di filosofia sull'attacco alle Torri Gemelle, Jessie aveva cominciato a capire dove si trovava, un Paese diverso da come si rappresentava, e dal capire aveva tratto una ragione di vita, poi una specie di ardore. Ogni essere umano, ogni animale sulla Terra, ha bisogno e diritto di capire dove si trova e come ci è arrivato. Era diventato il suo credo, la domanda e la risposta che cercava, che secondo lui tutti dovrebbero cercare.

Era convinto che lui e Allison stessero facendo quella ricerca insieme, che il medesimo ardore li tenesse uniti. Con ogni evidenza si era sbagliato.

La voce di Myrtha al telefono era accorata, pensò Jessie, mentre scendeva dall'aereo e veniva avvolto dall'aria calda e luminosa di Los Angeles.

L'accoramento era insolito in sua madre. Quando la vide – erano sei mesi che non accadeva – notò un deperimento fisico al quale non era preparato: era dimagrita, aveva i capelli opachi, il viso stranamente gonfio.

In auto Myrtha gli propose di allungare il percorso, puntare verso nord lungo la costa, anziché tornare subito a casa. Era una gita che avevano già fatto qualche volta, in passato; all'epoca Myrtha gli aveva promesso che avrebbero avvistato delfini e magari perfino balene, cosa che poi non era mai successa, stagione sbagliata o banale sfortuna. Forse anche in quelle occasioni Myrtha aveva avuto un discorso importante da fargli, sebbene ora Jessie non lo ricordasse piú. Forse si era distratto anche allora, come adesso, a guardare l'oceano sotto la strada, i morsi d'acqua che da blu cupo diventava biancastra nei punti in cui ghermiva le rocce brune, le agavi, i blocchi di cemento messi a fare barriera. Pensò a Allison.

Si fermarono a uno dei tanti view point lungo la statale, deserto e senza nemmeno un chiosco di bibite; c'era però una comoda panchina di legno dove sedersi. E cosí con gli occhi assorbiti dall'oceano e dal suo perpetuo assalto – ma l'acqua non può portarsi via la terra, gli aveva spiegato Myrtha quando era piccolo – iniziarono a parlare.

– C'è qualcosa che devi sapere. Avrei dovuto dirtelo tempo fa, ma non ci sono mai riuscita. Non che tuo padre mi abbia aiutato, anzi, ma lasciamo stare David. Se mi sono decisa ora è perché non so quanto mi rimanga. Ho un tumore al cervello. Operabile. Mi operano la settimana prossima. Se tutto va bene, seguiranno le cure orrende che accompagnano questo tipo di malattie. Mi hanno detto che potrò avere ancora quattro o cinque anni di vita piú che decorosi, ma chissà.

Jessie si accostò e le prese una mano. – Mamma.

– Non credere che ti abbia fatto venire fin qui solo per questo, – proseguí Myrtha, e Jessie ebbe un sussulto di sollievo nel sentire una nota quasi allegra e provocatoria nella sua voce, – c'è dell'altro, e ripeto: avrei dovuto dirtelo parecchio tempo fa.

Si schiarí la voce e riprese: – Un'altra donna ha contribuito alla tua nascita, e in maniera essenziale. Si chiama Antonia Fabbri, è italiana. Era arrivata qui con una borsa di studio, aveva quattordici o quindici anni meno di me, era una ragazza audace per certi aspetti, ma forse anche insicura. Una contraddizione vivente, da molti punti di vista. Siamo diventate amiche perché frequentavamo lo stesso corso di yoga. Passavamo parecchio tempo insieme, oltre a quello delle classi. All'epoca io e papà avevamo provato ad avere figli, senza successo. Ci eravamo sottoposti ai test ed era risultato che le mie uova non erano piú fecondabili. Antonia mi ha donato un uovo. Le avevo parlato della mia decisione di ricorrere a questa tecnica, che era ancora ai primordi, e lei ci aveva pensato su. Qualche giorno dopo aveva proposto di darmi lei stessa quello che, altrimenti, avrei ricevuto da una sconosciuta in clinica. Le dissi che doveva rifletterci bene, che non era una cosa da poco. Mi rispose che ci aveva già riflettuto e che era contenta di potermi aiutare. Ricordo che disse: «Non si va a donare il sangue per poter aiutare chi ne ha bisogno?»

Ma donare il sangue non era come donare un ovulo, obiettai. Sí il risultato non era lo stesso, ammise, dài via comunque un pezzo di te che va a vivere dentro qualcun altro.

Iniziammo la preparazione ormonale, dopo aver fatto alcuni esami preliminari. Ci seguiva il dottor Rosen, della stessa clinica dove sei nato. Filò tutto alla perfezione. Dopo il primo mese, c'era già un ovulo perfetto, anzi piú di uno. L'impianto avvenne anche quello senza problemi. Antonia rimase con me fino al giorno seguente, in clinica. Ci tenevamo la mano. Come stiamo facendo tu e io adesso. Mi pareva avessimo fatto una cosa bellissima insieme. Poi è sparita. Da un giorno all'altro se ne era andata dalla casa in cui viveva con altre studentesse della Ucla, senza lasciare detto nulla. Sapevo che la sua borsa di studio stava per finire, ma lei era proprio sparita senza avvertire, senza salutare, senza che potessimo dirci cosa sarebbe accaduto dopo. Avremmo dovuto parlare di piú, del dopo. Ne avevamo discusso troppo poco. L'ho cercata, le ho mandato lettere in Italia per un sacco di tempo. Non mi ha mai risposto. Non so perché se ne sia andata cosí. Ho fatto molte supposizioni, che si fosse pentita e che non volesse piú saperne. O che temesse gli effetti nel vedere un bambino alla cui nascita aveva contribuito e che non sarebbe stato suo. In tal caso rompere qualsiasi rapporto era l'unica soluzione e sarebbe la cosa piú ovvia da credere, ma allora perché mi aveva fatto lei stessa quel dono? Ci ho pensato in tutti questi anni, non sempre, e con sentimenti alterni. A tratti mi sembrava la cosa piú importante da dirti, poi cambiavo idea. Comunque, senza di lei io non ti avrei avuto dentro di me. Non avrei avuto te. Antonia è un pezzo della nostra storia.

Quando finí di parlare Myrtha era esausta, gli occhi immersi in strati di pelle a pieghe in cui ristagnava del liquido, le pupille scure ancora accese e intense. Si coprí la gola con una sciarpa, tirava vento e disse che aveva freddo.

Jessie rimase in silenzio. Con una certa lentezza divincolò la propria mano da quella di Myrtha e si appoggiò con entrambi gli avambracci sulle gambe, protendendosi in avanti.

Dunque era quello il segreto. Non il sesso, non gli eventuali tradimenti fra Myrtha e David, non qualche fatto poco onorevole alla base della prosperità economica di famiglia – cose che di tanto in tanto gli erano balenate per la testa e lo avevano tormentato – era lui stesso il segreto che aveva spiato, che ogni figlio spia nel genitore per liberarsene e prenderne le distanze.

Sentiva le mani che teneva sulle ginocchia pesanti nella loro inerzia, nelle orecchie un ronzio confuso alla risacca dell'oceano.

Avrebbe voluto alzarsi e correre, invece rimaneva immobile, percepiva netta la distanza fra l'insieme di muscoli, nervi, ossa e la propria volontà, due entità distinte tenute insieme a forza. Quella distanza adesso si era allargata in ogni sua parte fino a rendergliela irriconoscibile.

Si voltò per guardare sua madre di profilo, con la punta delle scarpe stava scavando una buchetta davanti a sé, nel terreno sabbioso. Le disse: – Forse dovremmo andare.

– Dove? – gli chiese lei.

– A casa, immagino, – rispose Jessie trovando finalmente la forza per tirarsi su dalla panchina.

Dall'oceano arrivavano ventagli di gabbiani in volo. Myrtha cercò il suo braccio per appoggiarsi.

Jessie non sapeva piú dov'era.

Decise di trattenersi in California fino all'intervento di Myrtha e poi qualche giorno ancora. David chiamò ripetutamente, volle parlare con i medici, dare consigli all'assistente infermiera che l'avrebbe seguita anche a casa e scherzò al telefono con Myrtha – Jessie li sentí ridere fra di loro – David disse che sarebbe arrivato giovedí, poi venerdí o sabato, infine Jessie doveva rientrare all'università, quindi non riuscí a vedere suo padre.

Di quei dieci giorni trattenne il ricordo dell'orlo ispido del cranio rasato di Myrtha – il chirurgo aveva fatto di tutto per preservare quanto piú possibile la sua chioma – il traslucido brillare di cicatrice, vene, cateteri e fluidi colorati come stelle filanti in entrata e in uscita dal corpo di sua madre, che si assopiva nel mezzo di una frase, il volto bianco sul cuscino bianco, il sorriso bianco al risveglio, l'aria divenuta fra loro cosí leggera da sembrare sottovuoto, nel ritmico abbassarsi e rialzarsi dei rami di palma fuori dalla finestra. Il mondo era una cosa remota e tenuta al riparo dai vetri azzurrati della clinica, in quei giorni. La mattina in cui Myrtha gli disse di aver sognato tigri a colazione e gli chiese se avesse fatto un bagno in piscina perché la stagione ancora lo permetteva, Jessie si convinse che stava meglio.

Al ritorno a Harvard – ancora foglie secche e dorate, mattine di brina sul cofano delle automobili e mani che cercavano il riparo dal freddo nelle tasche del giubbotto – il tempo subí un cambiamento.

Il passato ondeggiava, mosso dall'inconciliabilità dei ricordi e di quanto Myrtha gli aveva appena rivelato, il futuro gli pareva azzerato, senza Allison. Il crepitio della ghiaia gelata sotto le suole delle scarpe non rimandava ad altro se non al presente, e solo al presente. Ma cos'è il presente se non ci si può appoggiare a quello che è venuto prima? Un tempo verbale che incalza e ti fa dire: oggi sono, adesso penso, ora vado, e ti consente di andare solo appena un po' piú indietro.

Jessie si attacca al suo passato prossimo. E lí trova solo perdite: ha perso la fidanzata che credeva la donna della sua vita, ha perso una madre in salute, ha perso la certezza della sua nascita.

Nei mesi autunnali che poi diventano inverno, scrive la tesi, prende un aereo ogni quindici giorni per andare a trovare Myrtha. Fanno passeggiate e progetti. Beve la luce californiana, affoga precari bilanci esistenziali in tramonti sull'oceano. Spunta l'idea di un viaggio in Italia. Lí c'è un pezzo della nostra storia, gli ha detto Myrtha.

È la loro storia, non solo la sua, Myrtha ha ragione, ma è a lui che manca un pezzo. Myrtha gli ha consegnato la sua mancanza. Ti puoi sentire manchevole per tutta una vita e rimedi come puoi: con l'amore, con l'ascesa professionale, in alcuni casi con un credo religioso o politico o, al contrario, con la dissipazione. Può accadere che quella mancanza e manchevolezza non si colmino mai, che non ti appartengano del tutto e ti siano state passate in eredità da chi ti ha generato – Myrtha e Antonia? David? – o che tu le abbia cercate con una certa ostinazione, perché bisogna aver provato il vuoto, almeno una volta, per apprezzare il pieno. Jessie non ha saputo di averlo dentro, il vuoto; ci ha girato intorno, forzando le condizioni di partenza, puntando a quello che avrebbe realizzato di suo. Gli sembrava di aver fatto un primo passo ammettendo le ingiustizie del mondo. Ma il giorno in cui Myrtha gli ha parlato, si è sentito di pezzi diversi, una questione di carne prima ancora che di pensieri, con tutto quello che d'inesprimibile e di oscuro la carne si porta dietro.

Da allora, quando guarda Myrtha, una domanda gli fiorisce sulle labbra, ma la ingoia senza averla pronunciata, non può nemmeno permettersi la rabbia.

La professoressa Ward lo ha ricevuto di mattina presto. Hanno parlato della struttura della tesi e del metodo delle interviste. Gli ha fatto notare che è l'unico studente maschio ad aver scelto un'indagine sulla condizione lavorativa femminile. Compiaciuta, ha aggiunto che questa è fra le piú grandi soddisfazioni mai avute come insegnante di sociologia, da quando tiene il corso sulla diseguaglianza di genere. – D'altronde, Jessie, sei sempre stato un ottimo studente, e sarai un brillante ricercatore –. La professoressa Ward ha elencato le lingue che Jessie conosce e ha benedetto il viaggio che lui farà in Europa in estate. Sarà un trionfo. E su quello si sono congedati.

Jessie vorrebbe esserne altrettanto sicuro. Anche con lei ha glissato sulla sua futura carriera accademica, alla quale non crede piú molto. Sono tante le cose alle quali ha dovuto smettere di credere ultimamente, e tutte in una volta. Si scuote e sfrega le braccia per il freddo, dopo essere uscito dallo studio della professoressa Ward. Si volta e guarda la William James Hall che biancheggia cieca di luce, una gabbia o meglio una piccionaia, incombente, deve dare ragione a Myrtha su questo.

Attraversa il campus, consuma una colazione veloce in una caffetteria senza avvistare nessuno che conosce, il che è un vero miracolo e non sa se ringraziare o maledire la sorte per non avergli fatto incontrare qualche amica di Allison, o Allison stessa, alla quale avrebbe raccontato tutto, lí su due piedi, mentre cercarla al telefono comporta implicazioni che non è sicuro di poter affrontare.

La giornata cola lenta nelle poche ore di luce radente del pomeriggio, si posa sulla carta dei libri e viene presto riassorbita dall'oscurità, nell'aria l'odore di castagne, erba marcia e cartone bruciato che entra quando Jessie apre la finestra. Potrebbe anche nevicare. Verso sera, Jessie cede a una tentazione cui ha piú volte resistito: compie una ricerca in rete su un'associazione che riunisce figli nati con fecondazione eterologa, come lui.

Nel sito della Sons of Givers sembrano darsi appuntamento molti che hanno scoperto, da adulti, di avere un genitore biologico diverso dai due conosciuti fin dall'infanzia. Circola risentimento nelle testimonianze che legge; se lo aspettava e non ne riceve conforto. Trova anche una proposta di interpellanza parlamentare affinché diventi un diritto per i figli nati da fecondazione eterologa poter risalire al proprio donatore. C'è la questione delle malattie a trasmissione genetica, e quella del rischio di consanguineità e varie altre implicazioni che non aveva ancora considerato. Le cose sono piú complicate di quanto si possa immaginare. Ma cosa ha a che vedere, lui, con tutto questo? Poco o niente, si dice, o forse fin troppo. Poi si sofferma sulla testimonianza di Janine, una giovane donna che ha appreso di recente che il proprio padre biologico non era l'amato genitore, ma un altro uomo al quale ha dovuto imputare il gene responsabile della rara sindrome del figlio neonato. Janine termina il suo testo con una frase che gli rimane infissa: «Ogni culla chiede: da dove?»

Già, da dove?

Jessie ci pensa nei giorni seguenti, mentre fa ginnastica la mattina, mentre rompe le uova per strapazzarle nel tegamino, mentre guarda per la centesima volta *The Haunted House* e *The Boat* di Buster Keaton, e ride anche di sé alla proiezione di *One Week*. Gli sembra che qualcuno gli abbia manomesso il kit dell'esistenza come è stata manomessa la casa prefabbricata dei protagonisti del film in bianco e nero.

Da dove? Ma non riapre piú il sito dell'associazione Sons of Givers.

Nelle pause che si concede dallo studio e dalla scrittura si stende sul letto e contempla le sottili crepe nel soffitto, alla ricerca di un disegno. Lo aveva fatto spesso da piccolo, a ogni nuova scossa di terremoto qualche fessura si aggiungeva al reticolo che increspava l'intonaco chiaro della sua camera. Era difficile recuperare le immagini da una volta all'altra; dove era finita la donna obesa in volo, o il drago e le nuvole? Ciò che nello sforzo di fissarle gli appariva chiarissimo, la volta dopo non c'era piú. David gli aveva spiegato che anche nei quadri, specie in quelli a olio, si producevano effetti simili, si chiamavano *craquelures*, una parola francese che gli provocava uno strano pizzico in gola, ogni volta che a imitazione di suo padre provava a pronunciarla. Piccole disgregazioni del pigmento, fratture della materia che osservate da vicino rivelavano come la figura, nitida e compatta a una certa distanza, fosse fatta di parti disunite fra di loro.

Ma oggi è un giorno in cui, dopo mezz'ora passata a fissare in alto, non è venuto fuori un bel niente. Il soffitto è solo impolverato e annerito dai depositi di fumo dei precedenti inquilini.

Jessie si mette alla scrivania e apre la posta elettronica sul computer, gli sudano i polpastrelli, ma vuole farlo. Vuole mandare una lettera ad Antonia.

Ha vagliato tutto quello che si trova in rete, non molto a dire il vero, su Antonia Fabbri, laureata in Biologia, imprenditrice di una piccola fattoria sulle colline di Bologna, specialità: allevamento di capre da latte.

Ha cercato di ingrandire una foto, ma è in un formato mediocre e non gli consente di farsi un'idea dei suoi lineamenti, che rimangono rigidi e sfocati sullo schermo, non rendono l'espressione.

Una faccia neutra, che non tradisce emozioni, e Jessie si domanda come sia possibile. Se allarga troppo, l'immagine si sgrana in un insieme incoerente di pixel, una poltiglia di colori sintetici.

Jessie ha provato ad animarla nella sua testa, ha provato a chiudere gli occhi e addolcire la bocca in un sorriso, lo sguardo nella sfumatura di un sentimento, ma la foto si rifiuta di aderire a qualsiasi fantasia. Difficile in questo modo rintracciare la somiglianza, forse nel colore dei capelli e degli occhi.

Da dove?, è solo un'illusione.

Durante una delle sue visite a casa chiede a Myrtha: – Mamma, siete state cosí intime e non hai una foto insieme a lei?

Sguardo fuori fuoco di Myrtha e la pelle tesa in un lucore innaturale, il primo effetto delle cure oncologiche. – T'assicuro, nemmeno una. Non era abitudine all'epoca farsi tante fotografie come oggi. Ma era bella, una bella faccia italiana con occhi nocciola, fianchi robusti, – la mano di Myrtha macchiata di efelidi che gli accarezza i capelli, raccolti in una coda di cavallo. Poi riprende: – Immagino di averti complicato la vita. A volte penso che sarebbe stato meglio continuare a tacere. Ma quando ti trovi nelle mie condizioni non sai se ce la farai o meno, e per quanto ancora, allora ti viene l'urgenza di mettere a posto le cose.

– Che significa mettere a posto le cose? – le chiede Jessie, mentre pensa che gli esseri umani sono in grado di insaccare una certa quantità di bugie e omissioni, possono farlo per moltissimo tempo, poi arriva il giorno in cui non ci riescono piú, e parlano, ma non è l'onestà a spingerli, è il peso delle cose non dette che non riescono piú a sopportare.

– Non potevi piú tacere, è umano.

– Ti sbagli. Tacere è stato assai piú facile che parlare. Antonia è sparita, non ha piú voluto avere nessun rapporto con me, non ha mai risposto alle mie lettere, e tu non hai mai avuto bisogno di sapere che lei esistesse. Quanto a tuo padre, per lui era indifferente. Probabilmente non te lo avrebbe mai detto. Io ne ho sentito il bisogno. Adesso puoi rimproverarmi di non averlo fatto prima, di non averti raccontato la verità. L'ho custodita per te, e quando ho capito che potevo non esserci piú, mi sono detta che era ora di consegnartela.

Ma Jessie non l'ha rimproverata. Come avrebbe potuto in quelle condizioni?

Ha provato a scrivere un'email a suo padre, poi una lettera: le poche righe che è riuscito a mettere insieme gli sono sembrate patetiche. Avrebbe delle domande da fargli. Ha immaginato tante cose, in quel modo approssimativo e tuttavia pieno di intuizione con cui si può immaginare il passato a partire dai luoghi, dalle tracce. La sala con la moquette morbida davanti al camino, la sera in cui hanno deciso di accettare – perché Jessie è convinto che sia stata una sera e non un mattino, non un pomeriggio – Antonia non c'era, forse è arrivata dopo, il fervore di sua madre, lo svagato distacco di suo padre: *Why not?* E poi Antonia che entra in scena, ma come? Quali sono i suoi sentimenti? La fantasia di Jessie non riesce ad andare mai oltre, non trova parole per lei. Non conosce la spinta lontana che l'ha portata, al principio degli anni Novanta, fin lí, in casa di una ricca californiana amante dell'arte e dello yoga. Quale patto l'ha legata a Myrtha, quale seduzione?

Lui stesso non sa cosa aspettarsi, anche se a volte pensa di aver costruito il progetto di tesi per avere una scusa, e che tutto sia iniziato ben prima, quando Myrtha lo ha iscritto ai corsi d'italiano, gli ha procurato una tata italiana, gli ha fatto conoscere film e libri di quel Paese, dove sono andati in diverse occasioni, a Roma, a Venezia, in Sicilia. Avrebbe potuto essere lo spagnolo, il Messico era a due ore di auto da casa e tutti in California parlavano due parole di quella lingua. Invece, a dieci anni, Jessie è stato mandato a lezione di italiano, come se in fondo Myrtha avesse sempre avuto in testa che lui e Antonia potessero conoscersi, un giorno.

Non sono mai stati a Bologna, però. Forse Myrtha sperava in qualche coincidenza, sfidava il caso, e sondava il favore delle stelle: se deve essere, la incontreremo senza cercarla. Non doveva essere. Non per tutti quegli anni. O magari Myrtha l'aveva cercata e aveva patito in silenzio il suo rifiuto, vai a sapere. Oppure era stata piú forte la paura. «Ciò che è decisivo non viene mai mostrato, non viene neppure comunicato». Jessie aveva letto questa frase nell'ultimo libro di uno scrittore spagnolo di successo, era riferita alle azioni di agenti dei servizi segreti che per loro natura dovevano rimanere nascoste e sconosciute, e spesso, nel dettaglio o nella destinazione ultima, non erano del tutto chiare nemmeno agli esecutori, ma Jessie comincia a pensare che sia vero anche per le vite molto piú regolari e comuni di chi non decide il destino di altri, di Paesi o comunità, e si limita a decidere per sé.

È possibile che ciò che è stato decisivo per Antonia, forse non una sola ragione ma diverse coincidenti, non si sia mai mostrato né sia stato comunicato, non a Myrtha e non a David.

La determinazione a incontrare Antonia gli è cresciuta dentro mentre coltivava questi pensieri; ha anche ipotizzato di presentarsi da lei, senza preavviso, e dire: «Buongiorno, mi chiamo Jessie Tyler. Sono nato a Los Angeles, California, ventisei anni fa. Mia madre si chiama Myrtha Tyler».

Ma ha accantonato la tentazione. Ha riflettuto sullo scopo dell'incontro e sa che in quel modo brutale non otterrebbe ciò che crede di volere. Nessuno ti racconta il suo passato se prima non ti sei guadagnato la fiducia, o anche solo la credibilità. È cosí che accade nelle relazioni sentimentali, perché in amore ci si convince di volere il presente, ma è col passato che bisogna avere a che fare, con la memoria custodita e con quella rinnegata di chi vorremmo, di chi amiamo, di chi cerchiamo. E Jessie da due mesi sta cercando Antonia, vorrebbe tanto risalire a quella ragazza che nel 1990 è arrivata in California e ha deciso di fare un dono cosí grande a sua madre. Per ora può solo affacciarsi da uno schermo di computer con le credenziali di una biografia protocollare: «Mi chiamo Jessie Tyler, sono uno studente di PhD della Harvard University, dipartimento di Sociologia. Desidero prendere contatto con Antonia Fabbri. Et cetera, et cetera». Come reagirà a quel nome?

Cestinerà il messaggio? Farà una ricerca in rete, rendendosi finalmente conto che lui esiste? Esistere per lei, il solo pensiero gli dà una vertigine.

Jessie controlla l'ora, in Italia devono essere le dieci di sera, spedisce l'email e si prepara ad aspettare, come un naufrago su un'isola che abbia infilato un messaggio dentro una bottiglia senza sapere se avrà mai riposta, se da quella città medievale con le torri di mattoni rossi e lunghe file di portici bassi – è cosí che vede Bologna sul web – arriverà mai un segno.

Passano i mesi, ma il tempo non si accumula. Jessie si sente immerso in una sospensione che ha imparato a chiamare presente, dove tutto è fluido e instabile, a tratti, un conforto. Non è sicuro di voler comunicare a Myrtha la sua decisione di incontrare Antonia, teme la fragilità che con la malattia si è accentuata, anzi ne sembra il sintomo piú evidente, insieme alla stanchezza e agli effetti collaterali delle cure.

Teme che le venga in mente di accompagnarlo, e questo Jessie preferisce non accada. Eppure, pensa, lei deve aver immaginato che sarebbe avvenuto quando glielo aveva detto, anzi doveva averglielo detto proprio con quel fine.

Non ha piú rivisto Allison, disertando volontariamente anche un paio di incontri degli attivisti democratici ai quali era certo lei non sarebbe mancata. Trascorre molte ore giocando a scacchi con il proprio compagno di appartamento, scrivendo la tesi di dottorato, e guardando film in bianco e nero dell'epoca del cinema muto, di cui durante l'inverno è stata proiettata una rassegna al campus. Ne ricava una consolazione inspiegabile, qualcosa che ha a che fare con il senso del tempo che sta sperimentando: le inquadrature che allargano i volti, gli occhi bistrati delle dive alla ricerca di profondità in assenza delle parole, e poi le accelerazioni grottesche del movimento: corse, ruzzoloni, cadute. Rivede se stesso mentre Allison lo lascia e poi mentre Myrtha gli dice che è nato grazie all'ovocita di un'altra donna. Dentro di sé tutto è rotolato ed è andato sottosopra, anche se non crede di essersi scomposto piú di tanto, all'apparenza.

Alla fine decide di chiamare Myrtha e dirle ciò che ha intenzione di fare. È un pomeriggio tiepido di primavera e sta facendo alcuni esercizi di ginnastica nella propria stanza, un'abitudine che ha preso per spezzare le lunghe sedute al computer. Si piega in una flessione sul pavimento, vuole farne altre dieci inspirando ed espirando con vigore, poi si dimentica di contarle e quando deve aver superato da un pezzo la decima, si sente forte e lucido abbastanza per parlare con sua madre. Prima però apre un avocado in quattro spicchi, ha fame ed è alla ricerca di un buon presagio, se gli spicchi si staccheranno dalla noce senza rompersi le cose andranno bene, forse Myrtha guarirà, e al resto si può ancora rimediare. L'avocado è maturo al punto giusto, gli spicchi si staccano senza rompersi. Jessie ne porta uno in bocca mentre digita il numero.

La voce arriva assonnata, anche questo è un effetto delle cure. Jessie sa che sua madre dorme alcune ore di pomeriggio. Myrtha gli dice che c'è un uccello blu e verde su un ramo della palma, fuori dalla finestra, e che si è posato lí proprio quando il telefono ha squillato. Ora si sta pulendo le penne, è sontuoso, chissà di che specie è.

– Un colibrí verde-azzurro, – suggerisce Jessie.

Myrtha emette una specie di sbadiglio: – No, è decisamente piú esotico di un colibrí, deve essere un uccello che viene da lontano.

– Vado in Italia, vorrei incontrare lei, – attacca Jessie.

Myrtha lascia andare un altro rumore, piú uno starnuto che uno sbadiglio, si soffia il naso. – È un lungo viaggio, sei sicuro di quello che stai andando a cercare? Antonia non ha mai voluto avere contatti con noi.

– Lo scoprirò, semmai Antonia vorrà incontrarmi, – le fa notare Jessie.

Poi fa una pausa, ogni volta che pronuncia quel nome gli si crea una risonanza sulle labbra, come se tribolasse nell'adattarsi a sillabe e consonanti, misteriosamente legate fra di loro, e a se stesso, infine, annodato a quel nome. Antonia, niente piú che un nome, eppure gli ha dato la metà del suo Dna.

Avrai bisogno di soldi, ti faccio subito un bonifico, aggiunge sua madre, e prima che Jessie possa ribadire che le spese del viaggio sono coperte dalla borsa di studio, dice: – Potrei venire con te, anzi forse dovrei. E dopotutto vorrei tanto rivedere Antonia. Hai idea di come trovarla, di che cosa faccia nella vita?

Jessie lascia che l'ipotesi formulata da Myrtha plani nel vuoto del suo silenzio e solo dopo un po' le risponde: – È il mio viaggio e preferirei che ne rimanessi fuori. Comunque, Antonia Fabbri alleva capre sulle colline di Bologna, se ci tieni a saperlo.

– Capre? – ripete Myrtha in tono interrogativo, poi riattacca una specie di lamento in cui si dà la colpa per avergli parlato troppo tardi. Insiste sul fatto che per lei sarebbe davvero importante rivedere Antonia, e da capo con la faccenda dei soldi. – Quanto ti serve?

Jessie sta per perdere la pazienza. Myrtha usa con lui la stessa tattica che ha usato con suo padre: convinta di facilitargli la vita, gliela comprava, stendeva tappeti di denaro tutt'intorno, col risultato che suo padre se n'è andato.

C'è dell'altro, però; mentre discuteva con Myrtha, Jessie ha avuto l'impressione di parlare con un rivale, l'ex di una fidanzata, una donna sfuggita a entrambi. Saluta sua madre e riaggancia.

Che cosa è stata Antonia per Myrtha?

E cosa dovrebbe essere per lui? C'è una specie di alone scaldato, di un calore immateriale, intorno al nome di Antonia, ogni volta che lo sente pronunciare da sua madre, ogni volta che si azzarda a pronunciarlo lui stesso.

Gli spicchi di avocado sul piatto hanno cominciato ad annerirsi sui bordi, ha dimenticato di spremerci sopra del lime.

Appena ha finito di mangiarlo, suona il telefono, è ancora Myrtha. – Se vai e ti riesce di vederla, almeno portale una lettera da parte mia, – gli dice, e aggiunge: – Mal che vada si accumulerà a tutte le altre che le ho mandato in passato e alle quali non ha mai risposto.

Anche la risposta alla mail che Jessie ha inviato ad Antonia non è mai arrivata. Si è domandato piú volte se per caso non avesse sbagliato persona. Ha rifatto le ricerche in Internet e ha trovato un'altra Antonia Fabbri, residente in provincia di Bologna, ma gli è comparso davanti agli occhi il necrologio di una settantenne.

Nel frattempo, durante tutti gli anni in cui Jessie ha ignorato la sua esistenza e che lo hanno portato a quel presente assoluto, Antonia poteva aver cambiato città, essere finita altrove, e la persona titolare di un'azienda agricola, alla quale ha inviato la sua email, essere solo un caso di omonimia.

Jessie ha ipotizzato che la lettera sia finita nello spam, o sia stata cestinata perché proveniente da un indirizzo sconosciuto. In certi momenti pensa invece che Antonia l'abbia letta e abbia deciso di non rispondere, come aveva fatto con le lettere di Myrtha, anni prima.

Se Antonia si fosse concentrata sul suo nome non avrebbe tardato a capire. Ma lui cosa avrebbe dovuto dichiarare? Cos'è lui per quella donna? Meno di niente, forse solo l'ombra tenuta a bada di un errore giovanile, qualcosa da relegare alla dovuta distanza. Jessie rimugina sulla delusione: lei non gli ha risposto. Ma questo non fa che alimentare l'ostinato rafforzarsi del suo proposito: come accorciare quella distanza, è possibile, sarà mai possibile, ed è davvero ciò che vuole?

– Va bene, mamma, le porterò la tua lettera.

E stavolta sente una specie di pena per Myrtha che non ha niente a che vedere con la malattia, ma con la debolezza e il tradimento che anche lui ha subito quando Allison l'ha lasciato.

Myrtha lo richiama, dopo qualche giorno, e gli chiede di nuovo se può andare con lui in Italia. Jessie sta quasi per cedere, poi immagina il viaggio, le medicine di Myrtha, la sua fragilità e il suo disagio, un incontro grottesco: lui che indietreggia e poi ruzzola come il protagonista di un film muto, senza che gli escano le parole, senza che possa trovarle, mentre i volti di sua madre e di Antonia vengono messi a fuoco su uno sfondo astratto, gli occhi bistrati sul punto di rilasciare lacrime scintillanti, in un perfetto melodramma.

Le dice per la seconda volta di no, anche se con fatica e pena per lei. In passato ha fatto capire a Myrtha che doveva piantarla di immischiarsi nelle sue cose, glielo aveva ripetuto spesso e anche con una certa durezza. Ma adesso considera Myrtha sotto una luce diversa: ha smesso di vedere in lei solo sua madre, e ha cominciato a interessarsi alla persona che è stata prima. Una donna piena di risorse e possibilità a cui non arrivava il figlio desiderato. Poi un incontro, una specie di miracolo, e si era ritrovata incinta. Myrtha aveva avuto nove mesi per abituarsi all'idea che quella creatura che le cresceva in pancia fosse sua, anche se era un prodigio che avesse una pancia che cresceva, e ciò che vi cresceva dentro era il dono di un'altra donna, la sua vita cellulare, la sua memoria biologica trascritta nei segmenti di Dna.

Jessie se la immaginava mentre faceva gli esercizi di yoga mattutini sulla pelle morbida di montone, respirava e gli parlava, curava l'alimentazione, evitava gli stress e le fatiche, ungeva le smagliature sui fianchi e sull'addome con olio di mandorle, solcava con pigre bracciate la grande piscina, si spingeva fino all'acqua fredda dell'oceano per alleviare il gonfiore delle caviglie, contava i giorni che la separavano dalla nascita, ogni tanto leggeva i tarocchi, in cerca di auspici. Jessie immaginava che Myrtha si fosse annullata, come quando si desidera con ogni fibra di sé, ma che non le fosse stato possibile, né avesse voluto, annullare Antonia, che però era sparita.

Durante una delle ultime visite a Myrtha, Jessie ha preso l'auto e ha guidato fino alla clinica dove è nato, a poche miglia da casa, sulla costa verso nord. Ha parcheggiato sotto i cedri e gli eucalipti che la circondano, e si è seduto su una panchina di fronte all'oceano, ha respirato l'aria aromatica, poi si è voltato.

L'edificio alle sue spalle non era imponente, aveva i vetri azzurrati, discreti frangisole a tramare d'ombra le pareti chiare di due parallelepipedi sovrapposti. Il rumore dell'oceano saliva fino a lí, non minaccioso ma costante, come l'orlo bianco delle onde.

Ha fissato il bianco, accecato dal sole riflesso da quelle mura, e ha provato a immaginare. Poteva figurarsi la raccolta dello sperma, Myrtha che accompagna David e magari ne ridono insieme, complici. L'infermiera che ritira il contenitore. Il freddo del laboratorio. I riflessi arcobaleno dei vetrini sotto le luci. L'uovo, il prescelto. La fecondazione in vitro, l'incontro delle cellule, sotto la luce del microscopio, l'unione di due, i primi blastociti, l'embrione infinitesimale che poi sarebbe diventato lui. Myrtha che si sottopone all'impianto, poca anestesia, poco torpore dopo, le braccia riverse sul lenzuolo, qualche brivido, ma è solo l'effetto dell'aria condizionata. Tutto bene, fra nove mesi sarai madre. Avrai il bambino tanto desiderato. Solo un po' di riposo, ora.

E a casa quella riproduzione della *Pala di Brera* del pittore italiano, Piero della Francesca, una Madonna in trono circondata da angeli e da un cavaliere inginocchiato. Probabilmente era già stata infilata in una cornicetta dorata, tenuta sulla scrivania nello studio, dove Jessie l'aveva vista scolorire negli anni, tanto che era sbiadito il luccichio dell'armatura del cavaliere che gli piaceva, da piccolo, osservare nei dettagli: il riverbero della luce sui gomiti, sui gambali, sull'elmo deposto e sulla spalla, dove gli sembrava di scorgere una finestra rispecchiata, gli anelli nell'anulare e nel mignolo della mano giunta in preghiera. Cosa si vedeva dalla finestra riflessa? Jessie se lo era domandato piú di una volta, senza trovare una risposta, perché l'immagine era sfuocata. Dall'alto, nella valva chiara di una grande conchiglia, pendeva un uovo che attirava la sua attenzione, talvolta in maniera insopportabile. Jessie aveva fantasticato che potesse rompersi sulla testa della Madonna su cui incombeva, e aveva avuto la tentazione di spostarlo armeggiando con la catenella alla quale era appeso. In piú di un'occasione era stato mosso dall'impeto di allungare una mano per afferrarlo, quell'uovo sospeso a una corda. Non si capacitava di come potesse starvi appeso, dal momento che non si scorgeva né un foro né un aggancio, ma adesso era certo che l'uovo fosse stato il fulcro dell'attenzione anche di Myrtha. Pendente, con un peso che modellava l'aria grigio-azzurra intorno alla Madonna e al Bambino, era l'uovo il centro del dipinto. Myrtha se ne era procurata la riproduzione di sicuro per via di quel dettaglio. Un uovo perfetto che conteneva in sé tutto, il guscio che lo sigillava e isolava facendo dimenticare il tramestio di liquidi e membrane che lo aveva generato.

Anche il bambino, disteso sulle ginocchia della madre, era stato fonte di pensieri per Jessie. La sua posizione non gli appariva per niente naturale, cosí allungato e privo di un solido appoggio, come fosse sospeso. Sarebbe potuto rotolare per terra da un momento all'altro, sbilenco com'era. E nessuno che lo guardasse, che sorvegliasse quel suo inesorabile scivolare dalle ginocchia della madre, nemmeno gli angeli, nemmeno la raccolta di santi intorno che stavano con lo sguardo fisso e serafico, ma puntato altrove.

Gli veniva voglia di far oscillare l'uovo e spostarlo e, allo stesso modo, avrebbe voluto prendere in braccio il bambino per sistemarlo in una posizione piú comoda e sicura. Era un impulso ricorrente, quando da piccolo disegnava o giocava sulla scrivania della madre e non poteva fare a meno di sbirciare quell'immagine.

Jessie era rimasto a osservare la clinica per un tempo abbastanza lungo da notare una variazione nell'inclinazione della luce sulla facciata. Chissà se Antonia aveva mai visto la pala di Piero della Francesca incorniciata sulla scrivania di Myrtha. Solo allora gli è venuta fretta di rientrare, per vedere se per caso non fosse una figura femminile, l'ombra che pareva affacciarsi dalla finestra riflessa sulla spalla del cavaliere inginocchiato, per poi sparire in mezzo agli altri bagliori in quello spazio cosí fermo e irreale, come doveva essere stato fermo e irreale il momento in cui Antonia aveva deciso di fare il suo dono, come doveva essere stato fermo e irreale il momento in cui le due cellule si erano incontrate nella trasparenza del vetrino per poi essere trapiantate nel buio caldo del ventre di Myrtha.

Sulla scrivania di sua madre, la Madonna di Piero della Francesca non c'era piú. Ha chiesto a Myrtha che fine avesse fatto e lei gli ha risposto che sono anni ormai che l'ha buttata. È stato il sole a consumarla, era una cosa da niente, ma ci ero affezionata.

Jessie si è sentito sciocco. Una sciocchezza pure sperare che Antonia rispondesse alla sua mail. Per quel che ne sa, Antonia non ha mai voluto sapere niente di lui, non si è mai domandata che cosa sia diventato. Anche lui, d'altronde, ha campato egregiamente senza sapere della sua esistenza e potrebbe continuare a farlo, dice a se stesso. In verità no, non potrebbe piú farlo, ha già smesso da quando Myrtha gli ha parlato, qualche mese prima. Ha smesso perfino di pensare con tanta assiduità a Allison, che lo aveva lasciato, ha smesso di allenarsi a basket con l'accanimento adolescenziale di cui andava fiero, e perfino di litigare con i suoi compagni di corso repubblicani. Si sente come agli inizi di un innamoramento, quando c'è un'unica ossessione. Una persona che lui non immaginava nemmeno esistesse, fino a qualche mese prima.

– Non l'abbiamo pagata. Non vorrei che ti facessi strane idee. All'epoca, come d'altronde anche oggi, si pagava in clinica, e non erano ancora numerose le donatrici. Ma noi non l'abbiamo fatto. Ha deciso lei, di sua spontanea volontà.

Jessie è al telefono con suo padre che gli parla di soldi, la cosa ha dell'incredibile, non lo ha mai fatto prima, lasciando che fosse Myrtha a occuparsene. Lo fa ora, interrogato sulla nascita di suo figlio: sia chiaro, non c'è stato di mezzo denaro.

Myrtha ha parlato a David, dopo aver parlato con il figlio. Jessie avrebbe dovuto immaginarlo, si sentono abbastanza spesso e sono, come si suol dire, in ottimi rapporti; a quel punto, David ha chiamato Jessie.

I soldi erano la questione piú grande che stava dietro le loro vite da sempre. Non avevano fatto nulla per guadagnarli, e forse anche poco per amministrare i beni che avevano ereditato con tanta larghezza. David e Myrtha erano consapevoli di vivere in una zona di ampio privilegio e tale consapevolezza era sufficiente a dispensarli dal porsi ulteriori domande, quelle che invece si è posto Jessie, perché gli è chiaro che ci sono molti modi di comprare, anche senza l'uso diretto del denaro. Nella California degli anni Novanta avevano cominciato a nascere numerosi bambini con la fecondazione in vitro. Molti di quei bambini non avrebbero mai saputo come erano stati concepiti, altri invece lo sapevano fin dall'inizio, altri ancora lo avrebbero scoperto da grandi, la Sons of Givers non era l'unica associazione di adulti che reclamavano il diritto di sapere, se ne trovavano altre in rete.

– Mi sono fatto tante domande. Non metto in dubbio nulla di quello che mi ha detto Myrtha, però vorrei capire come sono andate le cose. Dal nulla spunta una ragazza italiana che dona un uovo a Myrtha, cosí lei può avere un bambino, poi di nuovo questa ragazza sparisce nel nulla. Ammetterai che è strano, David.

Lo ha incoraggiato a chiamarlo David fin da piccolo. Chiamami David, come io ti chiamo Jessie e non figliolo. Ma lui lo ha fatto perlopiú in presenza di altri, quando sono soli torna papà.

Adesso, però, è piú che mai David.

– Sí, è strano, – ammette suo padre. – Ma immagino che avvenga allo stesso modo con tutti i donatori. Non credo che vogliano essere rintracciati. Se ci fossimo serviti di una banca di ovociti, non ci sarebbe nemmeno un nome, o non sarebbe comunicabile.

Jessie lascia che suo padre finisca. All'inizio, quando Myrtha gli aveva parlato di come era stato concepito, gli era tornata in mente la curiosa sensazione provata da piccolo durante le rare malattie che lo avevano tenuto a letto. Sua madre e suo padre che bisbigliavano con il dottore, appena fuori dalla porta della sua stanza, la febbre, le medicine, la temperatura, ogni quanto e come, con l'antibiotico e l'antidolorifico l'infiammazione sarebbe passata; come se lui non potesse ascoltare, come se il corpo di Jessie fosse un'altra cosa rispetto al bambino Jessie.

Ora, sentendo suo padre fare quei discorsi, l'impressione è tornata ancora piú estrema. È di lui che stanno parlando, ma anche di un momento in cui lui, il bambino Jessie, il ragazzo Jessie, e infine il giovane uomo Jessie non era che un'ipotesi informe o molto astratta. Deve essere cosí per chiunque, per chiunque nato su questa Terra: c'è un buco fra il non esserci ancora, se non nella volontà di chi ti concepisce, e l'esserci in carne e ossa.

Ripete a suo padre la stessa domanda che ha fatto a sua madre: – Perché quella donna italiana, una ragazza di vent'anni, ha fatto un dono cosí prezioso a Myrtha?

David tamburella con le dita sul ricevitore, poi Jessie lo sente accendere una sigaretta.

– Non avevi detto di aver smesso?

– Non so. Non vorrei sminuire l'intera faccenda ai tuoi occhi dicendoti che è stato un atto un po' incosciente. C'era un'esuberanza in quella ragazza, Antonia, e forse la volontà di mettersi alla prova. E poi c'era il legame con Myrtha. Quello che succede fra due donne a volte è piú pericoloso di quello che succede fra un uomo e una donna, o meno prevedibile, almeno per l'idea che me ne sono fatto io.

– Myrtha è vaga, dice che erano molto amiche, – ribatte Jessie.

Dall'altra parte del ricevitore non arriva nulla se non larghe boccate di fumo.

– Vado in Italia. Spero di riuscire a incontrarla, – dice Jessie per porre termine alla conversazione con l'unica notizia che gli pare rilevante.

– Anche questo me lo ha anticipato Myrtha. Potrebbe rivelarsi una delusione, l'hai messo in conto? «Plaise aux Dieux que tu ne saches jamais qui tu es».

Jessie ha uno scatto, lascia andare la pallina di gommapiuma che nel corso della telefonata ha stretto ripetutamente con le dita della mano libera.

– Papà, non ti è mai passato per la testa che tu e mamma siate stati una delusione per me, e ben prima di tutta questa faccenda?

Il silenzio dall'altra parte del ricevitore è attraversato dallo sfrigolio del mozzicone che viene spento. David dice: – È normale essere delusi da giovani, poi lo si è sempre meno. Fai buon viaggio.

Ha un'esitazione e aggiunge: – Non abbiamo pagato per averti.

Jessie rimugina su quella frase, dopo che la conversazione è finita. Cosa ci sarebbe di male a pagare? Non lo trova cosí sconveniente, dal punto di vista morale, ma il denaro è la catena che si ripresenta ogni volta che mette alla prova le sue forze, e vuole dimostrare di valere qualcosa, di avere il diritto di stare al mondo con le proprie gambe.

Da piccolo gli piaceva recitare. Molti dei libri che aveva letto insieme a Myrtha erano diventati oggetto di improvvisazioni teatrali casalinghe con cui intratteneva David e gli amici. Aveva imparato a sibilare come il vento tra le foglie delle palme, a riprodurre il fischio roco delle foche ma anche a dire una frase maliziosa con espressione impassibile e con un lieve accento *British*. Crescendo gli era rimasta questa abitudine: imitava le amiche di Myrtha o alcuni personaggi politici, deformando le voci, cogliendo e rafforzando in senso comico certi tic. Alle superiori si era facilmente inserito nella classe di recitazione della scuola e non gli era sembrato poi cosí strano che gli venissero assegnate buone parti e all'ultimo anno anche quella di protagonista, quando si era deciso di portare in scena *Morte di un commesso viaggiatore* di Arthur Miller. Proprio il giorno dopo la distribuzione dei ruoli, Andrew Lockheart, che faceva parte del gruppo di recitazione, gli era gironzolato intorno all'intervallo fra l'ora di matematica e quella di letteratura inglese per sedersi sul suo banco e chiedergli a bruciapelo: «Di' un po', Jessie, quanti soldi scuciono i tuoi per le attività ricreative della scuola?»

Era tornato a casa con quel pensiero fisso e aveva aspettato Myrtha fino a tardi per domandarle se fosse vero. Lei non aveva dato troppo peso alla domanda, piuttosto: era l'una e mezza di notte e cosa ci faceva, lui, ancora in piedi? Comunque sí, ogni anno facevano una donazione alla scuola, era stato suo padre, il nonno, a iniziare, quando lei stessa era studentessa.

Poteva risalire a quell'episodio una certa diffidenza di Jessie nel considerare l'ambiente che lo circondava e i risultati che otteneva. Erano merito suo o erano anche frutto delle condizioni di agio e potere in cui viveva la sua famiglia? Il potere soprattutto lo turbava, perché se Myrtha pareva esercitarlo con tanta grazia, e bastava guardare la maniera impeccabile e affettuosa con cui trattava le persone di servizio, nondimeno era qualcosa di cui bisognava conoscere l'origine e l'estensione, poiché era destinato a suscitare invidia e diseguaglianze.

L'anno seguente al college ha cercato in tutti i modi di essere evasivo, quando gli venivano rivolte domande sulla sua famiglia. A ripensarci, anche lui, lui per primo, ha insabbiato le proprie origini.

Prima di partire per l'Europa, Allison gli ha chiesto se potevano rivedersi; è venuta a sapere della sua imminente partenza da amici comuni. Da quando si sono lasciati, sei mesi prima, non si sono mai incrociati, il caso e l'impegno a evitarsi li hanno aiutati. Jessie acconsente e le propone di fare una passeggiata lungo il fiume. Intende evitare una situazione statica con lei, niente ristoranti o bar, ancora meno stanze d'appartamento. Camminare lo terrà lucido e reattivo, si augura.

All'inizio c'è un po' di impaccio: lui si è slanciato in un abbraccio, lei si è ritratta; poi passeggiare ha facilitato le parole e reso meno vincolanti i silenzi, specie quello che è seguito all'annuncio che Allison gli ha fatto di essersi fidanzata con un uomo piú grande che ha trentadue anni, lavora nel campo dell'informatica, e vive a Boston. È stata la prima cosa che gli ha detto, quasi avesse fretta di liberarsene. Lui non ha saputo cosa rispondere, non ha nulla da obiettare, però non può nemmeno fingere gioia, anzi deve mordersi la lingua per non chiederle: che mondo ha quest'uomo che mi ha sostituito, visto che cercavi qualcuno che avesse un suo mondo?

In seguito la conversazione ha preso un andamento piú fluido, come la rincorsa delle onde che increspano il fiume, lungo la riva erbosa su cui camminano all'ombra di grandi latifoglie di un verde scuro. È una giornata soleggiata, quasi afosa. Allison gli ha chiesto mille dettagli sul suo viaggio, e sulla tesi di PhD che ha seguito quando era ancora un'ipotesi. Jessie ha avuto anche la tentazione di parlarle di quanto ha scoperto su di sé e la propria famiglia, troppo poco, in realtà, e cosí ci ha rinunciato. Si è limitato ad aggiornare Allison sulla salute di Myrtha e sulle cure alle quali si sta sottoponendo. Ha omesso un fatto decisivo, e non per mancanza di intimità: lui stesso non è sicuro di come considerare quella storia della quale, per ora, conosce solo la versione lacunosa di Myrtha.

Al momento di congedarsi, Allison si è trattenuta davanti a lui. Jessie era sudato, una goccia gli colava dal collo. Lei gli ha scostato una ciocca di capelli appiccicata alla tempia. L'unico contatto, la cosa piú sincera e piú importante fra di loro, ha pensato Jessie, dopo che si sono voltati le spalle.

Ci sarà mai un gesto simile fra lui e quella donna, Antonia, che non gli ha mai risposto? Un gesto che riconcilia, ristabilisce una vicinanza.

Ha deciso di telefonarle, una volta in Italia. Andrà a Bologna, vi trascorrerà un paio di giorni e, dopo aver preso dimestichezza con la città, la cercherà. Se riesce a stabilire un contatto con il luogo, stabilirà un contatto anche con lei.

Ha una famiglia, un marito, dei figli, vive da sola, è felice della sua vita oppure frustrata, conserva dei rimpianti oppure li ha seppelliti? Soprattutto cos'è stato decisivo per lei, affinché lui, Jessie Tyler, fosse concepito e possa ora farsi queste domande, anche se lei ignora che lui esista, che sia un uomo di un metro e ottanta di altezza, i capelli castani e gli occhi nocciola, una certa capacità di imparare le lingue e di imitare i tic altrui, una conoscenza buona dell'italiano, una passione per il cinema muto e il basket, perché questo, riassumendo molto, è diventato in ventisei anni il segmento di Dna che lei aveva donato, sotto forma di un uovo, e che unito a quello di David, dentro la pancia di Myrtha, era stato chiamato figlio.

Parte terza

Il capretto è nato verso le undici e mezzo di mattina, piccolo, con una certa difficoltà respiratoria, ma il veterinario ha assicurato che ce la farà, la distocia del parto non gli ha causato danni seri, anche se ha lasciato entrambi gli animali stremati. Antonia accarezza la madre fra gli occhi e le orecchie, il pelo è ancora umido di sforzo e paura, un tremito le percorre la schiena. Le rimane a lungo accoccolata vicino mentre lecca il suo cucciolo, e di tanto in tanto le sussurra: – Ce l'hai fatta.

Quando rientra in casa il sole è a picco, un brusio di api e farfalle svolazza sotto la veranda. Antonia vorrebbe solo dormire, ha incamerato il freddo dello sforzo dell'animale e il timore di doverlo abbattere. E Jessie Tyler, il solo nome le provoca uno smarrimento.

Anna ha apparecchiato all'ombra del glicine, ha già finito il suo pasto quando Antonia raggiunge la tavola e le chiede di farle compagnia anche se è sollevata dal non dover mangiare insieme. I loro pranzi a due finiscono sempre con lei che rimprovera sua figlia perché non si nutre a sufficienza, nonostante medici e psicologi le abbiano detto: signora, non lo faccia, eviti. Lasci che sua figlia si regoli da sola. Ma Anna non si regola da sola, e allora è tutto un rimbeccarsi: guarda nel tuo piatto, preoccupati di quello che stai mangiando tu, almeno un'altra patatina, sai cosa mi cambia, non sarà questo che ti farà ingrassare. Astio di forchette e pentole che finisce in un mutismo rancoroso; per oggi Antonia vorrebbe risparmiarselo. Non le chiede nemmeno con cosa abbia pranzato, guarda solo i resti di cracker integrali sulla tovaglia, mentre Anna la fulmina perché si aspetta il solito rimbrotto. Antonia invece tace, si siede e addenta una fetta di pane, condisce i pomodori e la mozzarella.

– Mamma, chi è Jessie Tyler?

Antonia finisce di bere il suo bicchiere d'acqua.

– Non ne ho idea, ma lo scopriremo presto, se richiamerà come ha detto.

Anna la scruta e Antonia avverte la diffidenza che da qualche tempo l'accompagna. Sua figlia non si fida piú di lei, anche se lei non l'ha mai tradita.

Per Antonia è doloroso adattarsi a questo cambiamento, Anna si fidava di lei. C'è una loro fotografia, appesa a una parete del soggiorno, dove sono ritratte di profilo, l'una di fronte all'altra. La bambina, avrà avuto tre o quattro anni, è seduta sulle sue ginocchia, ma in una posizione instabile, dà l'idea di poter cadere da un momento all'altro, eppure si appoggia placida con la mano paffuta al suo braccio e la guarda negli occhi, abbandonata, sicura, tenuta.

Quanta distanza da quel tempo e da quell'immagine. Antonia non sa dove sia finita la sua bambina. La rimpiange.

– Ti sei trovata un amante americano. A me puoi dirlo. Non lo riferisco a papà. È uno che hai conosciuto quando eri in California, ci scommetto.

– Sarebbe scomodo, ma non cosí impossibile, – le risponde Antonia e, per non lasciar trapelare l'agitazione, cerca di concentrarsi sul sapore zuccherino delle fragole raccolte nell'orto e ancora calde di sole. Finge disinvoltura, scherza sul fatto che per tenere un amante nascosto per tanti anni bisogna essere molto astuti, e anche molto pazienti. Anna è di umore ciarliero, si diverte quando sua madre è in difficoltà o può immaginarla in situazioni diverse da quelle in cui la vede di solito. Questo Antonia l'ha capito: immaginare la vita dei genitori, nel tempo in cui ancora non erano genitori, è per i figli una forma di mitologia quasi morbosa. Ma oggi, in cuor suo, dà ragione ad Anna: non le sta dicendo la verità su Jessie Tyler, perché se Anna sapesse, allora la sua diffidenza avrebbe una ragione, una ragione che non la riguarda, che riguarda solo la madre, prima che fosse sua madre.

Antonia sparecchia la tavola e porta i piatti in cucina. Chiede alla figlia se le va un caffè e se, piú tardi, ha voglia di fare una nuotata insieme. Anna scuote la testa: piú tardi ha intenzione di scendere in città.

– Ti sei dimenticata che stasera vado a una festa?

Antonia se ne era completamente scordata. Le pare sia passato un mese da quando la mattina presto Anna provava i suoi vestiti in camera. In realtà sono passate solo alcune ore, ma intanto il tempo di tutta un'altra vita ha lambito il suo, quella vita materiale da cui è stato cosí facile separarsi, ventisei anni prima, e che pure è cresciuta come un'ombra dentro di lei.

Antonia cammina nel prato, cerca Otto il cane bastardo che in genere a quest'ora dorme con i gatti, sotto gli alberi da frutto. Nonostante il caldo, li trova acciambellati l'uno a fianco dell'altra, il cane e la gatta respirano all'unisono. Affonda le dita prima nel pelo soffice di Piumina, poi in quello piú ispido del cane, che la ringrazia della visita con una leccata secca sul dorso della mano, senza nemmeno sollevare le palpebre. Su un orecchio della gatta, in mezzo al pelo corto e piú chiaro, nota una piccola zecca che vorrebbe toglierle, ma si trattiene per non disturbarne il sonno.

Si siede anche lei sull'erba, all'ombra frastagliata dei rami degli albicocchi. I contorni delle colline oscillano nella calura, l'orizzonte è animato da piccole fughe di alberi e radure, un intrattenimento per gli occhi che ad Antonia è sempre sembrato sufficiente a sfuggire la noia, ma ora le pare ingannevole. Dunque è questo il momento che l'aspettava, da anni.

Ha mangiato spinaci e lenticchie, cozze, uvetta passita e carne equina per superare l'anemia quando era incinta di Anna. Ha evitato prosciutto e carni crude, ingerito sale iodato e vitamine per le sue ossa. Ha dormito su un fianco per tre mesi e poi non ha quasi dormito, se non su un divano e con quattro cuscini per lato fino al parto, dopodiché non ha dormito affatto o pochissimo per tre anni di seguito, tanti ce ne sono voluti perché sua figlia si adattasse al fatto di essere nata, di essere diventata una creatura a sé nel mondo, a ogni suo risveglio, a ogni calar del buio. Ha attraversato otto ore di travaglio, perdendo le acque come una bacinella rotta, mentre le ossa si disarticolavano, la vagina si lacerava. E lei imprecava, perché si può solo imprecare sul fatto che per mettere al mondo la vita si debba quasi morire.

Ha allattato per nove mesi, sentendosi onnipotente perché da lei dipendeva la salute e la crescita di una creatura e perché questa dipendenza era la culla di sguardi innamorati e assoluti tra lei e sua figlia. In seguito, ha comprato i prodotti migliori, ha cucinato pasti che volevano essere nutrienti e sani, privilegiando la frutta, la verdura e i legumi. Ha vegliato sui respiri affannati e febbricitanti, ha consolato i pianti procurati da tosse e mal d'orecchie, poi quelli da cadute e sbucciature e da delusioni e frustrazioni di giocattoli rotti e di amici traditori. Ha inventato rebus e disegnato storie, allestito case di bambole e di peluche, ha guardato e riguardato insieme a lei alcuni film fino a impararne le battute a memoria. Ha cercato di trovare il giusto equilibrio fra niente televisione e troppa televisione. Ha sopportato di essere chiamata cattiva, antipatica e vecchia ogni volta che riteneva giusto sgridarla. Ha aspettato davanti alla piscina comunale, di pomeriggio, due volte alla settimana per quattro anni, e davanti alla scuola di musica per tre anni, ogni giovedí, dalle quattro alle cinque, e poi di notte davanti alla discoteca, nel parcheggio dove altre macchine occupate da genitori assonnati sfaravano nel buio per uscire o trovare spazio. Ha letto favole, temi, lettere, romanzi per ragazzi e per adulti, ha spiegato proporzioni, frazioni, teoremi di geometria e formule di chimica. Ha cucito abiti per le bambole e borsette di stoffa su una vecchia macchina, ha osservato la materia al microscopio, ha sezionato vegetali e minerali, ha cantato nonostante non fosse troppo intonata e ha recitato poesie che non sapeva nemmeno piú di ricordare.

Ha fatto tutto quello che credeva giusto, e voleva fare, come madre. E ora l'unica cosa che sua figlia vorrebbe è liberarsi di lei. Allontanarsi il piú possibile, cancellarla.

Invece qualcuno, che non può chiamare figlio, la cerca.

Ci ha pensato, non sempre ma con assiduità involontaria, ha lasciato che questo pensiero diventasse parte dello scenario della sua mente, fino a confondersi nella tonalità: né scura né chiara, né buona né cattiva. Un punto lontano, un'esistenza ipotetica, nessuno in concreto da conoscere nelle infinite pieghe del carattere, nessuno da nutrire, vestire, confortare, educare, sgridare e difendere, nessuno per cui doversi preoccupare, nessuno dal cui amore dipendere, come si dipende dall'amore di un figlio. Come è stato piú semplice, allora, non dover assistere al montare della nausea mattutina, all'allargarsi dei tessuti, al comprimersi degli organi interni affinché un'altra creatura vi prendesse spazio. Mentre la gravidanza che ha voluto e vissuto è stata un cedere parti di sé prolungato per nove mesi e poi ancora per altri nove, tanto è durato l'allattamento, e poi altri anni per svezzarla, insegnarle a stare in piedi e camminare. Tutto questo le ha reso Anna indivisibile da sé, carne viva di sé.

E adesso lui – perché nel frattempo l'uovo, estratto e non covato, è diventato un uomo e deve avere ventisei anni e si chiama Jessie – telefona e la cerca.

Antonia si alza da terra e si scrolla qualche filo d'erba dai pantaloni larghi che indossa, il cane Otto alza un orecchio, socchiude gli occhi, poi torna a dormire, la gatta allunga una zampa. Antonia rientra in casa, le spalle scaldate dal sole. Sul tavolo in cucina vede il proprio cellulare di cui si era dimenticata durante la mattina. Alice ha scritto un messaggio a lei e Sara: è andata in mattinata nel cimitero fuori città, dove è sepolto il padre, e ci ha portato sua figlia. Hanno pulito insieme la tomba e messo una piantina resistente alla siccità. Ha detto a sua figlia che il nonno aveva commesso degli errori e che di certo non aveva un buon carattere, sempre alla ricerca di conferme, sempre a prospettare cose che poi si rivelavano illusioni. Ma lei gli ha voluto bene. Non sa cosa aspettarsi, è contenta di essersi decisa a farlo. Il messaggio non dice altro, Antonia ne capisce l'importanza ed è grata ad Alice per aver condiviso un altro pezzo della sua storia.

Pensa: una tomba è piú facile di una persona in carne e ossa. Tutto l'amore consumato può fiorirci sopra, come erba spontanea.

Risponde ad Alice con un semplice grazie, ma vorrebbe dire di piú, si sente meschina.

Anche lei è una tomba, se ne sta muta da cosí tanti anni. Una tomba per Jessie e per Anna. L'ha fatto per proteggerli, ma prima di tutto per proteggersi, da loro e da sé.

Si stende sul divano e chiude gli occhi, invoca il sonno e la tregua. In lontananza sente la radio accesa da Anna. Poi, a poco a poco, quel suono cessa.

Il telefono doveva aver squillato a lungo, prima che Pietro glielo porgesse, coprendo il ricevitore e dicendo a mo' di scusa: ero in casa a bere un bicchier d'acqua e nessuno rispondeva.

Antonia si solleva dal divano puntando un gomito e cercando i sandali sul pavimento, una gora di sudore dietro il collo, gli occhi annebbiati da un assopimento pomeridiano che l'ha stordita piú che rinfrescata; in fretta si rende conto che Anna è uscita, e se Pietro è lí saranno le quattro, perché alle cinque c'è la seconda mungitura. Prima di rispondere chiede, chi è? Pietro le passa il cordless e bisbiglia: – Jessie, ha detto Jessie –. Antonia afferra l'apparecchio, capisce che è troppo tardi per dire che non vuole parlargli.

– Pronto?

– Sono il figlio di Myrtha e David Tyler, Jessie. Parlo con Antonia?

– Sí, sono io.

– Sono a Bologna.

– Sei a Bologna.

Una sequenza di brividi rotola lungo la schiena, mentre avverte la rincorsa dei battiti cardiaci. Non sa che dire e nemmeno cosa pensare. Alza lo sguardo alla finestra da cui vede Pietro che trasporta sacchi di cereali dentro una carriola. Ha la stessa età di Jessie, Pietro, si è laureato un anno e mezzo fa e lavora con lei da allora, ma vorrebbe avere una sua azienda di viticoltura, è il settore in cui si è specializzato negli studi di agronomia. C'è un terreno che i nonni gli hanno promesso, ma deve mettere da parte un po' di denaro per iniziare. Un ragazzo onesto...

– Antonia?

– Sí?

– Potremmo incontrarci?

La voce di Jessie è emozionata e questo la mette ancora di piú in difficoltà. Antonia con l'unghia del pollice si tortura il medio e pensa: dita ingrossate dal lavoro manuale. Prova una sorta di vergogna e di fatica all'idea di raccontare a quello sconosciuto il suo mestiere, la sua vita, chissà perché poi. Vergogna, un sentimento che credeva potesse umiliare solo il suo passato remoto, e invece.

– Antonia? Io rimango a Bologna qualche giorno.

– Non so. Non sono sicura che sia una buona idea. Avrai messo in conto che io non voglia incontrarti.

– L'ho messo in conto, sí. Ti richiamo domani, cosí avrai il tempo per pensarci meglio.

Avrai messo in conto che io non voglia incontrarti. Antonia si domanda come possa aver appena pronunciato una frase tanto atroce, che insulta la determinazione pacata della voce di Jessie, il suo italiano controllato e corretto – chissà quante volte deve aver fatto le prove – con la pronuncia nasale in cui riconosce la provenienza californiana. Ma la loro conversazione è surreale, lo sa lei, lo sa lui.

– D'accordo, ci sentiamo domani, – e spegne il telefono.

Nel dito medio della mano sinistra ha scavato con l'unghia un piccolo solco da cui cola un rigagnolo di sangue, fa male, e questo l'aiuta a liberare il pianto. Le sembra di dover piangere da un'eternità.

Quando Paolo rientra dal lavoro trova Antonia sotto la veranda, ha ancora addosso la tuta, quella con cui si occupa della mungitura e della cura delle capre, apparentemente non fa nulla, se non fissare davanti a sé. Lo allarma il silenzio che forse deriva solo dal fatto che Anna non è in casa e non è in corso nessun preparativo per la cena, teme che ci sia stata l'ennesima incomprensione tra madre e figlia e che adesso Antonia stia rimuginando e gonfiandosi di rabbia come è già capitato altre volte. Si siede accanto a lei e le chiede se abbia fatto una nuotata. Chiuso in ufficio, lui ha pensato tutto il giorno alla piscina, sbirciando il cielo blu e il sole fuori dalla finestra.

Antonia scuote la testa: – Ha chiamato il figlio di Myrtha. Dice di essere in città e vorrebbe incontrarmi. Si chiama Jessie.

A questo Paolo non era preparato, tace e cerca le parole. Conosce da sempre ciò che era successo al termine dell'anno passato da Antonia in California, l'amicizia con Myrtha e tutto il resto. Ha rispettato la decisione di Antonia di non volere piú contatti con quella parte della sua vita, anche se non l'ha mai capita fino in fondo. Da quando Anna ha cominciato ad avere problemi con il cibo gli è sembrato che Antonia ci pensasse di piú, di tanto in tanto nominava Myrtha e David, cosa che aveva evitato di fare per molti anni. Deve essersi domandata, magari senza poterlo dichiarare nemmeno a se stessa, che sorte abbia avuto quell'altro bambino o bambina, se crescendo abbia avuto i problemi di Anna o altri del tutto diversi.

– Davvero non vuoi conoscerlo, questo Jessie? – Paolo intravede la paura nell'espressione di Antonia che scuote di nuovo la testa, come se anche parlarne le costasse fatica.

– Eppure potrebbe essere un'occasione importante. Hai sempre detto di averlo fatto perché volevi dimostrare a te stessa di essere capace di un atto di generosità. Poi hai passato il resto del tempo a cancellarne le tracce. Non ti capisco.

– Chissà perché ha deciso proprio ora di venire in Italia, – dice Antonia come se si rivolgesse all'aria.

– Quello che capisco però è questo, ed era da parecchio che te lo volevo dire. Ti sei circondata di totem di maternità: gli animali, le capre, perfino della riproduzione delle api ti preoccupi, della buona alimentazione, dei cibi che fanno bene alla salute, e in teoria allungano l'esistenza e la rendono migliore. Qui viviamo nel culto della buona aria, della buona tavola, della buona vita, ma è come se tu ne avessi paura.

Antonia gli rivolge uno sguardo stranito, poi si alza e gira intorno al tavolo, dandogli le spalle.

– Oggi una capra ha rischiato di morire di parto. Era stremata, ma in qualche modo fiera, come possono essere fieri gli animali. Ogni volta che succede penso che essere madre ti fa sentire grande non solo perché hai generato una creatura che prima non esisteva, ma anche perché hai attraversato la morte, ne hai sentito la vicinanza. L'hai fatto non per te, ma a favore di un altro. E questo ti fa credere di avere dei diritti, di avere un potere. Lo senti quel potere, in effetti ce l'hai, almeno per un certo tempo. Io non lo volevo. Forse è di questo che ho sempre avuto paura, della sofferenza che lega gli esseri come una catena, del potere che origina dal dare la vita. Piú della gioia, avevo paura del sangue che crea vincoli e ti toglie libertà.

Paolo l'ascolta, ma non replica, fissa le sue spalle e la schiena, scure, impenetrabili, si alza e si avvia verso la piscina. C'è ormai poca luce, il riverbero aranciato del tramonto che stinge l'ombra delle siepi, i contorni sfocati, l'acqua lattiginosa.

Si spoglia, lascia cadere i vestiti sul bordo e si tuffa. Percorre in apnea tutta la lunghezza della vasca in direzione della veranda e di Antonia, e quando riemerge con la testa le dice: – Io credo che dovresti vederlo, quel ragazzo. Sarebbe una liberazione.

Poi s'immerge di nuovo e prosegue con ampie bracciate, i fari della piscina s'accendono in automatico e trasformano l'acqua in fluorescenza.

La libertà, pensa Antonia, è al massimo una piscina che ti contiene.

Jessie ha scattato molte fotografie con il cellulare per fissare i dettagli del colore, poi si è reso conto che la camera del suo apparecchio, per quanto costoso, non rende con esattezza la varietà di rossi e arancioni che il suo occhio da tre giorni registra, aggirandosi per le vie della città. Sono i muri dei palazzi, le pareti interne dei portici, ma ancora di piú le pietre arenarie e i porfidi e i mattoni a ospitare diverse tonalità dello stesso colore che va dal rosa al bruno, come se la città fosse rivestita di una pelle umana, che muta e respira dai suoi pori e dalle sue cavità, producendo gli umori di un'epidermide: le esalazioni di muffa che vengono dalle bocche di lupo protette da grate sotto i portici, le chiazze di umidità che affiorano con lanugini di sale bianco a mezz'altezza sui muri, l'odore di erba in piazza Santo Stefano e Jessie, guardando ai suoi piedi, si accorge che ci sono ciuffi verdissimi fra i ciottoli.

C'è acqua imprigionata ovunque, nell'aria e sotto terra, e quando finalmente in via Piella vede un canale che scorre in mezzo a un vecchio caseggiato, gli sembra di avere trovato la traccia aperta di una vena della città dove tutto è un po' umido, un po' lucido, un po' commosso, sul punto di piangere, non si sa se per felicità o malinconia.

Ha preso alloggio in un b&b nella zona universitaria, credendo che come negli Stati Uniti fosse la piú sicura e tranquilla, ma presto si è accorto che qui è tutto diverso.

Al posto dello stucchevole ordine degli edifici costruiti in stile Tudor, gotico o modernista che regna nei campus americani tutti rigore e pulizia, a Bologna i palazzi dell'università sono antichi quanto il nome dell'istituzione millenaria che ospitano, e di questa antichità portano i segni: la bellezza dei materiali, i complicati rimandi simbolici, la logica degli ordini architettonici classici, la decrepitudine di sfingi e sirene di pietra mutilate nelle code e nelle ali, di mostri appollaiati su batacchi e capitelli, su mensole erose e davanzali sbrecciati, di torri e campanili inclinati. Ma a turbare Jessie è un attacco confuso: i graffiti fatti con lo spray che non sono disegni ma scritte incomprensibili che imbrattano ogni superficie e non risparmiano neppure la nobiltà del marmo, i portici usati come pisciatoi per i cani, file di studenti che devono farsi strada tra la sporcizia per terra e i rivenditori di biciclette rubate. Jessie passeggia per le strade e si domanda il senso di quest'aggressione diffusa, come se essere all'altezza del passato fosse troppo difficile e allora tanto vale degradarlo, divorarlo come un parassita. Quello che sa del passato recente di Bologna lo ha letto, delle proteste studentesche e politiche della fine degli anni Settanta ha visto anche fotografie con i carrarmati dell'esercito italiano che percorrevano quelle stesse strade dove si affacciano le facoltà universitarie, e dove lui si aggira stralunato, con l'impressione che tutta quell'incongruità – le studentesse con costose borse di Louis Vuitton e tacchi alti che scavalcano punkabbestia avvolti da nuvole di fumo, gente che fa le cose piú svariate come cantare seduta per terra, pomiciare sulle panchine, mangiare pizza in cartocci – sia il residuo di una ribellione di cui si è ormai dimenticato lo scopo.

Chissà se era cosí anche ai tempi in cui Antonia studiava, dopo essersi lasciata alle spalle l'anno in California, l'aria secca, il vento dal deserto, le palme, l'oceano, le autostrade a otto corsie, l'high tech, e una clinica medica dove le avevano prelevato un gamete. Era stato questo a farle decidere di andarsene e non tornare mai piú, o era stata la leggerezza del cielo losangelino, senza traccia di passato e con il presente che diventava di continuo futuro? Jessie sa che il posto da dove viene produce un effetto simile; sta misurando lui stesso l'impressione di una città che non conosce e di cui scopre lo strato superficiale e primario: un misto di bellezza accogliente, disponibile, e di anarchia corrosiva ma tollerata, al quale immagina che gli abitanti siano indifferenti o assuefatti.

Non sempre basta scomporre gli elementi per capire come un luogo o una persona siano arrivati a essere quello che sono. Jessie potrebbe dirlo di se stesso come del portico sotto il quale cammina: ciò che vedi si è accumulato nel tempo, mentre ciò che non vedi è l'assenza o lacuna che ha creato quel movimento. Jessie avanza osservando le palladiane di diversi colori che si susseguono sul suolo, come tappeti, e delimitano la pertinenza dei palazzi, procede in direzione delle torri inclinate che lo attraggono quasi fossero magneti. Su quella degli Asinelli è già salito e ha visto la città dall'alto: i tetti rossi, le terrazzine occupate da piante e alberelli, qualche piscina, cavi, antenne e grondaie, piú in basso le strette vie medievali e lo slargo maestoso di piazza Maggiore. Ma è da sotto che gli piace guardarle, con la vertigine capovolta che gli procurano. Jessie tocca la selenite, che scheggia le dita con le sue scaglie lunari, tocca i mattoni anneriti di smog, piú tardi in un ristorante tocca la pasta all'uovo, morbida e tesa dal ripieno.

Vorrebbe poter appoggiare la propria mano a quella di Antonia, riconoscere una temperatura, una pulsazione, un ritmo. Ma la donna che ventisei anni prima ha reso possibile la sua vita al telefono gli è parsa distante, forse inaccessibile. Come inaccessibile suona la lingua che sente parlare intorno a sé, con la quale le persone si rivolgono a lui o rispondono alle sue domande, lontana dalla regolarità della grammatica imparata a scuola e dalla cadenza della sua tata italiana; è una lingua piena di anfratti, deviazioni, enfasi e cedimenti che non conosce, ai quali non sa attribuire il significato giusto. Quando afferra il senso, è in ritardo, anche se di poco, comunque in ritardo rispetto a un flusso dentro cui non riesce a scorrere, costretto a tenersi sempre sul margine.

Scomponi la madre. Toglile il corpo. Le braccia in cui rifugiarti per essere stretta e compresa. Il petto al quale appoggiarti per regolare al suo battito il tuo. Lo spazio fra il collo e la clavicola dove respirare odore di casa. Il ventre che ti ha contenuta prima di nascere, i fianchi che ti hanno sostenuto quando ancora non camminavi. Le gambe che ti hanno rincorso e insegnato a muoverti da sola. Le mani che sono cura, benedizione, rimprovero e avvertimento. Infine il volto, dal quale hai imparato a vedere il mondo, e te stessa; e nel quale ti ritrovi, anche quando non vorresti, anche quando non te l'aspetti, perché la somiglianza è molto di piú che una semplice affinità di lineamenti o di colori.

Se elimini parte dopo parte, rimane l'idea della madre, che ti sei costruita nel tempo. Ti sei allontanata dal suo corpo e te ne rimarrà sempre nostalgia, confusa al senso di promiscuità di cui hai voluto liberarti.

Anna lo ha fatto, cerca di farlo ogni giorno, per capire cosa possa essere, cosa ci sia di diverso dentro e fuori di lei. Ha iniziato con lo spostare la tazza di latte che Antonia le preparava ogni mattina, poi il pane, la pasta, i biscotti; ogni giorno un po' meno, poi quasi piú niente. Una mensa vuota, liscia, ripulita; forte come un'arma, nodosa come il legno. Ha ridotto sua madre a un'idea da combattere. Un'idea, all'apparenza, è meno pericolosa e fa meno paura di un corpo in carne e ossa. Se sua madre è senza corpo, allora anche lei può esserlo, libera e senza peso.

Anche Jessie non conosce quel corpo: le braccia, il petto, il collo, il ventre, i fianchi, le gambe, le mani e il volto di Antonia. Non li ha mai conosciuti e, per lui, lei non è la madre, ma l'idea di come è nato. Come l'uovo del dipinto di Piero della Francesca che per anni ha visto sulla scrivania di Myrtha, inaccessibile e sospeso sulla testa della Madonna.

Antonia sa invece di essere stata corpo per entrambi, sebbene in modo assai diverso. La prima cancellazione: uno strappo voluto. È stata lei a non voler essere di carne per quella creatura che sarebbe stata di un'altra donna, per quel desiderio esaudito, non suo. La seconda invece la subisce, è Anna a rinnegare la loro comunanza fisica.

Antonia si guarda allo specchio a figura intera, in camera da letto. Senza vanità spia il corpo avviato verso la stagione in cui viene meno la fertilità, ne avverte già i primi segni: il calo degli estrogeni in circolo che toglie luce e turgore alla pelle e ai capelli, un assestamento che attenua il senso dell'attesa, come se nulla di fondamentale potesse piú accaderle, i fianchi, già larghi, ispessiti.

Nell'arco dei prossimi quattro o cinque anni le mestruazioni al momento irregolari si diraderanno fino a sparire, poi subentrerà l'osteoporosi, la secchezza delle mucose, i capelli saranno completamente bianchi. Non potrà mai piú essere madre, non lo è già piú, la madre possibile di ogni possibile fecondazione mensile.

Scioglie i capelli legati in uno chignon basso, toglie la tuta, la maglietta, il reggiseno e le mutandine; rimane nuda. Le sembra incredibile che i suoi fianchi, un tempo in grado di accogliere la vita, e i suoi seni, un tempo in grado di nutrirla, ora rimangano come vestigia dismesse.

Che volete da me, vorrebbe dire a entrambi: a quel figlio che non è figlio e a quella figlia che non vuole esserlo; che volete ancora da chi vi ha dato la vita, e ora non è nemmeno piú sicura che ne sia rimasta per sé, che sia avanzato un po' di desiderio.

Antonia raccoglie i vestiti da terra e li porta nella lavatrice già piena di altri panni sporchi, si china a raccogliere il fustino del detersivo e dell'ammorbidente che dosa nella vaschetta, poi avvia la macchina. Si china di nuovo perché l'oblò fa un suono strano, un cigolio dovuto allo sfregare dei bottoni dei jeans contro il vetro e la gomma della guarnizione. Quando si rialza, davanti alla porta aperta del bagno c'è Anna che la fissa stranita: – Mamma, cosa fai lí nuda?

Parte quarta

Antonia ha preparato una terrina di piselli in umido e una di riso freddo, una torta salata alla ricotta e spinaci, polpettine di carne col sugo e una macedonia di frutta, senza sapere esattamente per chi o perché, chi mangerà tutto quel cibo. Lo ha fatto dopo la mungitura mattutina, per tenersi occupata, non troppo distante dal telefono, in modo da poter essere lei ad afferrarlo, nel caso dovesse squillare.

Quando si è svegliata, di mattina presto, ha tirato un sospiro di sollievo vedendo i vestiti buttati sul pavimento della stanza e Anna avvoltolata nelle lenzuola. Antonia ha dormito profondamente e non ha sentito rientrare lei e Paolo, che era andato a prenderla all'uscita dalla festa. Di un figlio ti basta sapere anche solo questo: che c'è.

E adesso Antonia sa che anche Jessie c'è. Lo ha sempre saputo, a essere sincera. Le lettere che arrivavano dalla California a casa dei suoi genitori, all'inizio, dopo il suo ritorno, una alla settimana, poi sempre meno frequenti, scalate nei mesi, di anno in anno, per alcuni anni, fino a cessare, le avevano dato la certezza che un bambino fosse nato, che Myrtha gliene volesse parlare. Non le aveva mai aperte, appena le venivano recapitate nell'involucro sottile bordato di rosso e blu della posta aerea di un tempo, scendeva in strada e se ne liberava nel primo cassonetto della spazzatura.

Non aveva avuto la tentazione di aprirne mai nemmeno una. Anche se di alcune aveva tastato la consistenza piú rigida, immaginando dentro una fotografia. Cedere alla curiosità voleva dire precipitare di nuovo nel tormento in cui aveva vissuto i suoi ultimi giorni a Los Angeles, la faccia rigata di lacrime e mascara, come una seppia che colava inchiostro – Cosa ho fatto? Cosa ho fatto? – fino a che aveva deciso di anticipare la partenza, e tagliare i ponti con tutti.

Antonia non lo aveva voluto vedere, né conoscere, neppure a distanza, ma aveva sempre saputo che c'era. Come sapeva di avere un neo sul fondo della schiena a destra, una macchia scura che era certa di portare con sé anche se non la vedeva mai.

Quando suona il telefono, poco dopo le dieci, è pronta a rispondere convinta sia Jessie, ma si tratta del veterinario che chiede informazioni sul capretto e lei rimane quasi delusa. È Anna a prendere la telefonata di Jessie, un'ora dopo, quando Antonia è di nuovo fuori a lavorare e sua figlia, ancora in pigiama, la raggiunge nella stanza del caglio, le porge il cordless e con una smorfia sorniona dice: – È il tuo amante.

Antonia impugna la cornetta e con una mano fa segno ad Anna di allontanarsi, ma lei rimane lí a braccia conserte, allora è Antonia ad andarsene, uscendo dalla porta che va verso l'orto. Fuori è investita dal caldo e dalla luce, da un nugolo di farfalle azzurre che si sollevano dai cespugli di lavanda.

– Buongiorno, è tua figlia quella con cui ho parlato oggi per la seconda volta?

– Sí, è Anna.

– Anna, – ripete Jessie, come se ne stesse calcolando il peso, tanto indugia sulle vocali. – Un nome palindromo, è reversibile, si può leggere dalla fine.

– Non ci avevo mai pensato, – commenta Antonia, strizzando fra le dita una foglia di pomodoro che rilascia un odore acre e un succo scuro e vischioso.

– Coi figli non c'è nulla di reversibile, semmai il contrario. Non si torna piú indietro, – dice secca.

– Ed è l'unica?

Antonia balbetta: – Sí, – poi aggiunge: – A parte te.

Ecco, l'ha detto – pensa – e non potrà piú tornare indietro.

– Mi è costato cercarti, ma per me è importante.

– Posso capire. Sí, ti capisco.

– Allora ti va bene se ci vediamo?

Antonia esita, guarda a terra, si concentra sugli scarponcini che indossa con la punta incrostata di vecchie macchie di latte, poi alza lo sguardo verso il prato, oltre l'orto. Se dice di no perderà tutto, perderà Anna per sempre. Non ha idea da dove le venga questa convinzione superstiziosa, ma sa di aver sbagliato una volta e non vuole che accada di nuovo, quindi respira forte e dice:

– Oggi, subito dopo pranzo.

Antonia rientra nella stanza dei formaggi aspettandosi di trovare Anna, ma sua figlia se ne è andata, un vago profumo di vaniglia è rimasto intrappolato fra l'odore del latte e del caglio. L'avesse trovata ancora lí, l'avrebbe abbracciata e le avrebbe raccontato tutto. Vedi quanto poco tua madre conosceva se stessa. Vedi che gesto piú grande di sé ha compiuto. Vedi come non è stata capace di affrontare quello che è venuto dopo. Vedi come ha creduto di essere padrona del proprio corpo, e del proprio cuore, quando forse non lo era cosí tanto. Vedi quanto la vita possa essere complicata. E adesso, ti prego, ora che hai visto quanto imperfetta io sia stata, smetti di voler essere diversa, smetti di consumarti volendo consumare me. Non ho piú nessuna lezione da insegnarti, prendi la mia debolezza oggi, potrebbe essere la tua forza domani.

Non è proprio sicura che sarebbe riuscita a dirlo cosí, solenne come lo ha appena pensato, ma è la prima volta che prova il desiderio di parlare. È stata la voce senza volto di Jessie, quella voce sconosciuta che chiede di appartenere, se non a lei, a un suo gesto, a un remoto passato comune. Chissà se Jessie assomiglia in qualcosa ad Anna, si chiede, mentre pulisce il piano di lavoro e vi appoggia in file parallele le ceste di ricotta.

Un incontro in un bar del centro le sembra piú che adeguato. Adeguato è l'aggettivo che le ricorre in testa, mentre pensa a come vestirsi, a come salutare questo giovane uomo di cui non sa nulla, se non che la sua determinazione l'ha piegata a fare qualcosa che mai avrebbe creduto. Adeguato le sembra anche pagare il parcheggio dell'auto per tre ore, e scegliere un caffè dove non va di solito con le sue amiche, ne ha solo sentito parlare, perché cosí il rischio di inciampare in qualcuno che conosce diminuisce e non si troverà a dover fare presentazioni, né spiegare niente a nessuno, perché lei stessa non sa nemmeno chi sta andando a incontrare.

Quando mette i soldi nel parchimetro, la punge il sospetto di avere sbagliato tutto, avrebbe dovuto guadagnare tempo, riflettere ancora, ma è tardi per cambiare le cose. Le viene in mente che ha dimenticato di riempire di crocchette le ciotole dei gatti e del cane, di cambiare le pastiglie di cloro negli skimmer della piscina e, guardandosi nel vetro della portiera dell'auto, non c'è proprio nulla che la convinca: si è messa un abito che non tirava fuori dall'armadio da dieci anni almeno, uno chemisier a fiorellini minuti di color rosso porpora dentro il quale si sente goffa, tira un po' sulle spalle e sui fianchi, è troppo corto. Anche la borsetta è sbagliata, non ha ancora fatto il cambio stagionale, e cosa c'entra quel borsone di pelle grigia che si porta appresso, e in cui fatica a ritrovare ogni volta chiavi, agenda e cellulare? I capelli li ha legati nel solito chignon basso. Ecco, forse da lontano potrebbe dare l'impressione della ragazza energica che ha creduto di essere fino a qualche anno prima, ma non nel momento in cui stringe la mano di un giovane uomo alto e robusto che l'aspettava in piedi nella piazzetta dove si sono dati appuntamento, all'ombra di un platano secolare, come lei gli aveva indicato per non sbagliarsi. L'ha riconosciuta lui, quando ancora era lontana e avanzava circospetta, il cuore accelerato. La mano gliela stringe con calore, la guarda negli occhi e non dice nulla, e allora di quella ragazza energica non rimane proprio piú niente, perché si sente vecchissima, come se stare davanti a lui avesse moltiplicato i suoi anni un numero indefinito di volte. Averlo di fronte in carne e ossa, vestito di una camicia buona con le pieghe impresse dalla valigia, le fa rivedere una se stessa di molto tempo prima, una se stessa cosí distante che le pare impossibile da ricollegare a quella presente.

Passa un tempo lungo in cui si studiano a vicenda, cercando di assorbire il piú possibile la reciproca vicinanza, lo fanno mentre sostano sotto il grande platano, e dicono cose che presto dimenticano, cose che non li riguardano, non piú di quanto li riguardino i sassolini di ghiaia che scricchiolano sotto le loro scarpe. Si osservano anche mentre apparentemente evitano di farlo, di distrarsi con le parole, di avviarsi verso il bar e trovare un posto a sedere, ma è sui dettagli fisici che invariabilmente tornano, la forma degli occhi e le pieghe che prendono quando vengono strizzati o socchiusi, la curva delle labbra, lo smalto e il taglio dei denti, la linea delle sopracciglia, del naso e del mento, la fronte e l'attaccatura dei capelli. Poi le mani, le dita, le unghie, i polsi, il rilievo delle vene sulle braccia, il colore e la densità della peluria. Sono l'uno per l'altra un territorio da esplorare e rilevare, perché la presenza adesso è corpo, dopo essere stata solo idea. Antonia osserva che il colore dell'epidermide di Jessie è di un tono piú chiaro del suo, e Jessie capisce cosa intendesse Myrtha quando diceva che Antonia aveva una bella faccia italiana; scrutano oltre il bordo dei loro lineamenti, delle loro fattezze, là dove sporge quell'altra cosa che entrambi chiamano anima. Prolungano il momento prima che arrivino le parole, prima che arrivino le storie a confonderli. Indugiano in quel prima in cui si può pensare di essere senza distinzione, come talvolta credono di essere gli amanti, come sempre credono di essere le madri coi figli, almeno finché sono peso che cresce e pulsa dentro la loro pancia.

Ma Jessie non era mai stato peso che cresceva e pulsava dentro la pancia di Antonia. Dunque, per iniziare, parlano della casa di Myrtha e del clima. La California brucia ormai a ogni stagione. A Los Angeles la siccità è durata per tre anni, e per un'intera primavera ed estate consecutive. Hanno razionato l'acqua. Non si può tirare lo sciacquone, se non dopo aver orinato due volte, proibito stare sotto la doccia per piú di cinque minuti, abolito il lavaggio auto, quanto a innaffiare piante e giardini non se ne parla proprio.

Antonia, seduta di fianco a Jessie nell'esterno ombreggiato del bar, assimila queste informazioni sul Paese in cui ha vissuto da giovane e piano piano riemergono alla memoria, piú che ricordi, stralci di sensazioni che afferra a intermittenza: l'implacabile luce diurna, sole sulle spalle, sole negli occhi, impossibile uscire senza proteggerli, l'allerta nel cielo solcato di elicotteri e nelle strade percorse dalle sirene della polizia, durante le notti in cui si svegliava perché le sentiva poco distanti, o sopra il tetto della casa, e allora diventava difficile riprendere sonno. Ad accarezzare col palmo le foglie delle piante, le erano rimaste impresse strisce grasse e nere di smog, ma anche quello, rappreso in minuscoli grumi, brillava sotto il sole.

Jessie le racconta che un incendio a Malibu è arrivato non lontano da casa di Myrtha, tanto che si vedeva già una colonna di fumo, oltre gli eucalipti.

Ordinano un'acqua alla menta che Antonia preferisce senza troppo ghiaccio, mentre Jessie ne chiede un'aggiunta.

La memoria di Antonia non comincia dalla casa di Myrtha e dalla grande piscina col fondo di piastrelle chiare a vene dorate, piuttosto è lí che finisce. Un grande balzo e poi lui, questo giovane uomo. Per baciarlo sulle guance ha dovuto alzarsi sulla punta dei piedi, tanto è alto; di sicuro non è merito dei suoi geni, si dice, e ora che stando seduta al bar lo osserva da vicino nelle sue singolarità, annota un piccolo dosso picchiettato di efelidi all'attaccatura del naso che le sta simpatico, ma è del tutto consapevole che lui non è mai stato peso e pulsazione dentro di lei, e fatica a immaginare come fosse da piccolo, da adolescente, perché un figlio è qualcuno che non smetti di immaginare nel tempo.

– Non ti pensavo cosí, – le dice Jessie a bruciapelo, interrompendo i resoconti meteorologici, le cose che stava dicendo per creare un paesaggio comune.

Antonia ci rimane male. Cosí come: piccola, mal vestita, trascurata, invecchiata come si sente, o reticente e guardinga, come sa di essere? Avverte insorgere di nuovo la resistenza a incontrarlo di quando ha appreso che lui era piú che un suo gesto remoto, una persona vera che la cercava. Non ha mai desiderato che Jessie avesse alcuna immaginazione su di lei, si è fatta da parte proprio per questo, non appena lui è stato concepito. Con quale diritto adesso le sbatte in faccia la sua delusione?

– Non ci posso fare niente, e in ogni caso…

Jessie la interrompe: – Mi hai frainteso, d'altronde è normale. Cosa abbiamo in comune tu e io, a parte la biologia? Poco altro, direi. Questa lingua che ho imparato, ma non è la mia, e il reciproco imbarazzo.

– È stata Myrtha a volere che tu imparassi l'italiano?

– Certo, a dieci anni mi ha mandato ai primi corsi e in casa c'era sempre una *nanny* italo-americana.

Jessie sospira. Antonia fa altrettanto per riflesso. Jessie accavalla le gambe e Antonia non può impedirsi di imitarlo, se ne accorge e le scappa da ridere.

Jessie le sorride e riprende: – Myrtha è il nostro punto in comune. Cominciamo da lí, cominciamo dal passato.

Antonia lascia scorrere il piede fuori dalla scarpa per sentire il fresco del basolato sulla pianta; anche se sono all'ombra fa caldo, i bicchieri di vetro grondano all'esterno e producono condensa.

– Siamo state molto amiche, per un breve periodo.

Jessie mescola il liquido con la cannuccia e dice: – Questo non spiega quello che hai fatto, o che avete fatto insieme, non del tutto. Ti devo la vita eppure non hai mai voluto sapere niente di me. Oggi è piú frequente, sono tante le coppie che si rivolgono a una clinica per un gamete e difficilmente il bambino conoscerà il donatore o la donatrice. Ma voi eravate amiche, è diverso. L'avete deciso insieme, o sbaglio?

Antonia annuisce senza guardarlo, fissa un punto sul muro del bar. È infastidita dall'assertività di quel giovane uomo, ma ne è anche commossa. È raro che un figlio chieda al proprio genitore perché lo ha messo al mondo, specialmente a una madre. Ma lei non è la madre, almeno non è la madre intenzionale, come le dissero al primo colloquio nella clinica medica affacciata sull'oceano.

– Vorrei capire cosa è successo, ventisei anni fa. Mi aspetto una lunga storia.

– Certo, potrebbe essere una lunga storia, – conferma Antonia, sempre tenendo lo sguardo altrove.

Jessie allunga una mano verso la sua, sul tavolo, poi si ferma e dice: – Vorrei sapere da dove vengo.

Ha smesso di aggredirla, o forse ha recuperato la motivazione profonda che lo ha spinto fino a lí. Antonia riconosce un tratto di Myrtha, la fiducia istintiva che le aveva ispirato, e capisce: a chi, se non a Jessie, può raccontare quello che avrebbe voluto dire nelle serate trascorse insieme a Sara e Alice, ma non l'ha fatto, o ad Anna, se avesse seguito il consiglio di Paolo, ma non ne ha avuto il coraggio?

Adesso sente che può e che la sua storia ha trovato chi è in grado di ascoltarla. A trattenerla erano sempre state la vergogna, la paura di essere giudicata, ma ancora di piú il fatto che quanto era accaduto le pareva staccato dal resto della sua vita, c'erano di mezzo un oceano, due continenti, una lingua diversa. Non era mai riuscita a spiegare come tutta questa distanza le avesse consentito di compiere quel gesto, e al tempo stesso le impedisse di considerarlo reale. Ma Jessie, a meno di mezzo metro da lei, è reale, e con lui la parte di sé che finora ha tenuto sepolta.

La stoffa del vestito le si sta appiccicando sotto le ascelle per il sudore, ma non è il caldo, piuttosto l'agitazione che precede un momento difficile. Antonia butta la testa indietro a pescare piú a fondo nel coraggio, ma sulla nuca preme il bruciore dell'abbandono, di tutto quello che lei ha abbandonato, e di tutta la distanza creata. Il coraggio può trovarlo solo davanti a sé, guarda Jessie negli occhi, e comincia.

– A diciott'anni è successo qualcosa con mia madre. Faceva l'infermiera. Fosse nata piú tardi, e non nei primi anni dopo la Seconda guerra mondiale, avrebbe continuato gli studi e sarebbe diventata medico, credo, ma all'epoca già avere il diploma da infermiera, venendo da una famiglia di scarsi mezzi come la sua, era un balzo in avanti nella scala sociale, e nella considerazione che aveva di se stessa. Sono cresciuta con i racconti della sua adolescenza disagiata e caparbia: pelli di coniglio sul manubrio per andare a scuola in bicicletta, d'inverno in mezzo alla neve, in un paese di campagna; panini con burro e zucchero, col pane del giorno prima alla ricreazione; calze riciclate di una cugina che aveva le gambe piú lunghe, cosí il rammendo sul buco poteva finire sotto il tallone. E su tutto la sua voglia di diventare infermiera, mentre lavorava per mantenersi, facendo pulizie, accudendo bambini per comprare i libri, i primi guanti in lattice per le esercitazioni. Non finiva mai di raccontarlo, e di esserne orgogliosa. Era anche donatrice volontaria di sangue, e di questo era piú che orgogliosa. Una volta al mese di domenica mattina organizzava quelli che a me sembravano festini. Portava torte, dolcetti di pasticceria, thermos di caffè e tè caldi alla sede dell'Avis e lí passava quattro ore a prelevare il sangue e a distribuire conforto. Partiva e rientrava con un'aria di gioiosa abnegazione, di riuscita. Diceva sempre che grazie a quel sangue donato molte persone si sarebbero salvate, altre avrebbero migliorato le loro condizioni. Diceva, o meglio, predicava con intonazione da sacerdotessa che chiunque in buona salute poteva farlo, rendendosi utile al prossimo. Aveva convinto tutti a donare sangue, mio padre, zie e amiche, cugini e nipoti, non appena avessero raggiunto l'età.

Quando arrivò il mio turno, nonostante avessi paura degli aghi, non potei di certo sottrarmi.

La domenica mattina successiva al mio compleanno – sono nata il 24 maggio – ho accompagnato alla sede dell'Avis mia madre che mi teneva addosso uno sguardo fiero e attento. Forse temeva, e si aspettava, che non ce l'avrei fatta. E cosí è stato. Già quando mi sono sdraiata sulla poltrona e ho dato il braccio al collega di mia madre perché palpasse le vene, ho sentito la nausea montare alla bocca dello stomaco, quando mi ha legato il laccio emostatico avevo i sudori freddi e all'arrivo dell'ago, mentre mi ripeteva di stare ferma che sennò gli facevo spostare la vena, ho resistito un paio di secondi, poi il nero. Sono svenuta.

Antonia fa una pausa e Jessie le chiede: – Niente donazione di sangue, dunque, o ci hai riprovato?

– Non ho piú voluto saperne. Avevo fatto altri prelievi in passato, ma a spaventarmi tanto credo fosse l'idea della quantità, ossia che dovessi resistere finché non fosse stata piena la misura stabilita della donazione. Era un pensiero intollerabile, come se mi togliessero l'aria. Mia madre ci rimase malissimo e assunse un tono di blanda commiserazione. Disse: «Be', non è certo una cosa che puoi fare, se devi svenire in quel modo».

Sapevo che era inutile ribattere, le avrebbe bollate come scuse. L'avevo delusa. Avessi preso brutti voti a scuola non sarebbe stata una questione cosí grave, ma che non fossi in grado di farmi prelevare un po' di sangue per lei era inammissibile, perché era una cosa che potevo donare senza sforzo e con molto beneficio altrui. Lo facevano tutte le persone di buon senso, tutte le persone che volevano aiutare il prossimo, perché a chiunque poteva capitare di averne a sua volta bisogno. Lo capivo questo?

Che io fossi svenuta, che avessi avuto la nausea fino a sera quella domenica, per lei invece contava assai meno. Era una mia debolezza, che magari ne nascondeva altre, forse piú gravi, di carattere. Non parlammo piú di quell'episodio, ma avevo la sensazione che nutrisse un dubbio permanente nei miei confronti, che avesse scoperto con dolore che io non avevo mai voluto assomigliarle, né l'avrei presa ad esempio. E per una madre questa può essere una grande delusione. È possibile che ci fosse dell'altro, l'inizio dell'università aveva stabilito un ulteriore distacco fra noi: stavo facendo quello che lei non era mai riuscita a fare.

Appena mi fu possibile ottenni la borsa di studio per venire in California. Avrei potuto scegliere una meta piú vicina, come Londra o Parigi che erano ugualmente fra le destinazioni di scambio previste. Scelsi gli Stati Uniti perché erano il luogo piú lontano, e questo mi dava l'idea di una libertà senza confini. Ero cresciuta guardando telefilm come *La casa nella prateria* e poi *Casa Keaton*, dove c'erano famiglie grandi piene di regole e caratteri diversi, ma anche un vasto mondo in cui emanciparsi. Volevo scappare, almeno per un po'.

Jessie succhia con la cannuccia quel che rimane dell'acqua alla menta. La base del bicchiere è di vetro verde e dà l'impressione che il liquido possa rigenerarsi dal fondo. – Prendiamone dell'altra, – dice, – in una giornata come questa bisogna bere molto.

Ferma la cameriera, una florida ragazza con la coda di cavallo e i pantaloncini corti che zampetta fra i tavoli su un paio di sandali di sughero, e le chiede una caraffa della stessa bibita. Mentre ordina, ha un moto con il braccio destro che si protende verso Antonia, non per indicarla o forse anche per questo – la caraffa è per entrambi – ma quasi per abbracciarla. Si sta prendendo cura di lei, pensa Antonia, e questo la intenerisce. La cameriera sorride. Li ha scambiati per una coppia di età diverse o per madre e figlio?

– Anch'io sono fuggito da mia madre, ma solo per andare sull'altra costa, all'università, – dice Jessie, con aria complice. Antonia si domanda se si comporti in questo modo con chiunque incontra e non solo con lei, perché cosí gli hanno insegnato, perché cosí ha imparato a guadagnarsi la simpatia altrui, perché cosí lo inclina a fare il suo carattere.

Quando arriva la seconda caraffa Jessie rimescola il ghiaccio e il mazzetto di menta che ci affonda dentro, poi ne versa a entrambi e dice: – Dunque, per scappare da tua madre sei venuta in California. Nella città degli angeli, e lí cos'è successo?

Antonia fa una pausa: come procedere, ora? È stata una narratrice precipitosa e poco abile, non è affatto sicura che se avesse dovuto fare quel racconto a Sara e Alice avrebbe cominciato dalla domenica mattina in cui perse i sensi e la fiducia di sua madre e, dopo, qualsiasi cosa facesse stonava. Non era sempre lei d'altronde a dire che era sbagliato attribuire tutte le colpe alle madri? Forse sarebbe dovuta partire direttamente dalla città degli angeli, dove tutto era radioso fino a diventare irreale.

– Appena arrivata a Los Angeles, – riprende, dopo aver bevuto un altro sorso di bibita, – mi sistemai in Le Conte Avenue. Mi era stata assegnata una casa dal programma di scambio e la condividevo con altre due studentesse, un'americana e una francese, Carol e Jacqueline. La prima era una ragazza del Montana che la vita in un ranch ventoso e isolato aveva reso solida e quasi burbera, la seconda una sventatella del Sud della Francia, di cui invidiavo i vestiti vezzosi, da attrice sulla passerella di Cannes. Nessuna di noi conosceva la città e questo ci rese per qualche tempo solidali, se non proprio amiche. La casa era divisa in altri tre appartamenti, faceva parte di un piccolo complesso che sul retro disponeva di una piscina in comune, vi si accedeva attraverso una sorta di patio in cemento, in un angolo svettavano due palme altissime, circondate da erba rada, piú gialla che verde. Rimasi stordita da quel lusso cosí a portata di mano, ma nei mesi successivi scoprii che era piuttosto diffuso in certe zone della città, e poteva raggiungere fasti grandiosi, perfino sfacciati. Ero stordita da molte altre cose, come puoi immaginare, ma era uno stato di confusione piacevole. Dai corsi della scuola alla vita sociale, tutto scivolava via leggero. Per chi viene dal vecchio continente l'America è un posto dove ogni cosa s'ingrana con minori intoppi, come fosse un gioco. Quando aprii un conto in banca, e scoprii che potevo avere un blocchetto di assegni con stampigliati sopra degli angeli in volo, senza che per questo nessuno mi prendesse per demente, fui certa che quello fosse un Paese dove la gente era ancora allo stadio dell'infanzia, o al massimo dell'adolescenza, visto che il gioco poteva insinuarsi nelle cose piú serie, come gli assegni bancari.

A volte sentivo un'inquietudine di cui non avrei saputo rendere conto, mi succedeva davanti alle aiuole ben rasate sul fronte delle case dove sventolava la bandiera americana, o nell'area dove erano parcheggiati gli enormi carrelli dei supermercati, quando all'improvviso diventava deserta. Per qualche secondo provavo un sentimento di inappartenenza che tendeva all'ostilità, ma si dileguava in fretta e dopo non ci pensavo piú. Mi lasciavo di nuovo prendere dal calore del sole, dalla luce, dalla facilità delle cose.

Antonia fa una pausa ed estrae dalla borsetta una mentina, ne offre una anche a Jessie.

È il caso di raccontargli di quella volta che con Carol e Jacqueline venne invitata da altre amiche che stavano facendo *house-sitting* in una villa di Westwood? Avevano deciso di approfittarne e organizzare una festa. Alcune ragazze si misero ad aprire le camere armadio per ispezionare centinaia di scarpe e abiti da sera firmati, ne indossarono alcuni, mentre lei ritornava a bordo della piscina dove un paio di ragazzi preparavano coscienziosamente canne, e qualcuno inclusa Carol si dava da fare con il barbecue, mentre Jacqueline mezza ubriaca si adagiava sul fondo della Jacuzzi, che a un certo punto s'inceppava con gorgoglii di tubi intasati e una forte emanazione di cloro, tanto che dovettero tirarla fuori perché in preda a una violenta epistassi e, mentre le tamponava il naso, Antonia non poté fare a meno di pensare ai moniti di sua madre sul sangue: quanto era prezioso, quanto era pericoloso. Poi scendendo dalla collina a metà notte, nell'incendio di luci artificiali che ardeva la città come una piastra, aveva contato ventitre senzatetto coi loro carrelli della spesa pieni di sacchi e cianfrusaglie, appisolati sulle panchine o sotto gli alberi. Arrivata a casa, anziché andare a dormire, si era tuffata nella piscina condominiale, e nel bagliore dei faretti aveva visto accorrere migliaia di insetti neri che insieme ad altro pulviscolo rendevano l'acqua torbida, era uscita in fretta, coi brividi addosso, le idee confuse, i capelli gocciolanti. Per la prima volta da quando era arrivata aveva pensato alla povertà, alla solitudine. Alla sterminata solitudine che soffiava su quei diciotto milioni di persone che vivevano tra il deserto, la costa del Pacifico e le autostrade.

Antonia sente lo sguardo di Jessie su di sé, si è persa dietro i propri ricordi e non sa da quanto tempo lui sia a lí a osservarla, in silenzio. Vorrebbe dirgli andiamo a fare una passeggiata, questo caldo è opprimente, e la memoria un luogo pieno di deviazioni insidiose. Ma non dice niente, allunga una mano sul tavolo, Jessie vi appoggia la sua, stanno cosí fino a quando lui non dice: – E poi? – Allora Antonia riprende: – Mi ero trovata anche un fidanzato, un ragazzo originario di Monterey che aveva dieci anni piú di me. Tanti, se ci pensi, visto che all'epoca stavo per compierne ventuno, e non avevo molta esperienza in fatto di uomini. Si chiamava Liam, aveva un impiego nell'amministrazione dell'università, e suonava la chitarra. Aveva composto una canzone per me, nessuno l'aveva mai fatto prima, né lo avrebbe piú fatto in seguito. A quell'età, cose del genere fanno impressione, possono essere scambiate per amore. All'inizio ci fu molto sesso, come spesso accade. Ebbi un ritardo, pensai di essere incinta. Poi il ciclo arrivò, dopo quaranta giorni di attesa, mal di testa e pancia tesa. Fu allora che conobbi Myrtha. Andavamo alla stessa classe di yoga nel campus universitario. Era uno dei pochi momenti in cui mi sentivo finalmente a mio agio in quel Paese troppo pieno di stimoli e di allerte. Nel corso della lezione, mi accorsi che una macchia rossa si stava allargando sotto i pantaloni della mia tuta bianca – eravamo tutte vestite di bianco – corsi in bagno e lei, che era seduta di fianco a me, mi venne dietro. Fu un'emorragia fortissima. Mi ero chiusa dentro il gabinetto, imprecavo, e Myrtha fuori dalla porta mi diceva: «Calmati, ci sono qua io, ti porto un paio di pantaloni puliti e un assorbente».

Quando uscii, sudata e dolorante, con le braghe sporche in mano, cominciai a piangere. Myrtha mi abbracciò e m'invitò ad andare a bere qualcosa, un tè caldo mi avrebbe fatto bene.

Non avevamo mai scambiato piú di qualche sorriso e parola di circostanza fino ad allora, e mi ritrovai a raccontarle quello che mi era successo, quel mese e mezzo in cui avevo tanto temuto di essere incinta e di come non fossi riuscita a parlarne con Liam. Myrtha non mi ricordava in alcun modo mia madre. Era alta e abbronzata, quanto mia madre era piccola e dimostrava piú degli anni che aveva, che poi erano solo una decina in piú rispetto a Myrtha. Una sorella maggiore, che non avevo mai avuto, e una madre ideale, che non avevo nemmeno mai immaginato. Myrtha non mi chiese perché non avessi fatto un test di gravidanza, che sarebbe stata la cosa di maggior buon senso. Parlò di desiderio e paura, come se le due cose fossero mescolate, e fosse del tutto naturale nutrire la paura di poter avere un bambino, e al tempo stesso la recondita speranza. Lei ci aveva provato parecchie volte, a rimanere incinta, senza riuscirci. Non mise in dubbio né allora né in seguito quello che invece a me, dopo poco, recuperata la calma, pareva pura invenzione: ossia che avessi avuto un aborto spontaneo. Era davvero improbabile, considerate le precauzioni che prendevamo.

– Insomma, vi siete conosciute in un gabinetto, – dice Jessie.

– In effetti, – fa Antonia, – i gabinetti sono luoghi piuttosto intimi, per le donne, e forse anche per gli uomini.

A Paolo aveva raccontato delle feste in cui dovevano recuperare Jacqueline sempre un po' troppo provata dall'alcol, aveva colorato l'episodio dell'*house-sitting* e, in piú di un'occasione, aveva evocato la marea di senzatetto di cui si vedeva circondata giorno dopo giorno, come se col trascorrere del tempo, dal suo arrivo, avessero conquistato il diritto di emergere anziché starsene nascosti sulle panchine sotto gli alberi. In realtà era solo il suo occhio che diventava piú esperto nell'individuarli perché aveva cominciato a fare l'abitudine alle palme, alle case eclettiche, alle piscine e alle lunghe automobili, da cui era via via meno distratta. A Paolo non aveva quasi parlato di Liam, un breve accenno, e di certo mai del gabinetto in cui s'era chiusa in un lago di sangue, con Myrtha che la confortava da fuori. Di Myrtha gli aveva detto che era stata la sua salvezza e che era arrivata come una dea, quando piú si era sentita persa.

Ma allora, si domanda Antonia, quella che sta imbastendo per Jessie è la verità o un'altra versione piú probabile e piú completa di come sono andate le cose? La sta raccontando per questo giovane uomo, della cui vita è responsabile, mentre lo sguardo si posa sulla sua fronte ampia che non mostra ancora tracce di dispiaceri, e nessuno poi causato da lei. Antonia prova sollievo, anzi: a raccontare prova un piacere che è liberatorio e imprevedibile, sa di essere sfrontata, di dire cose sfrontate, che forse si dovrebbero tacere a un figlio, ma Jessie è meno, e insieme, piú di un figlio.

– Diventammo amiche, io e Myrtha, – riprende a raccontare, – e ci vedevamo sempre piú spesso dopo le lezioni di yoga, durante i fine settimana e di sera. Potevo guardarla negli occhi.

Jessie fa una smorfia e sogghigna. Antonia ridacchia: – Sai quanto sia considerato disdicevole l'*eye contact* nel tuo Paese, e non solo fra una donna e un uomo. Io avevo bisogno di poter guardare qualcuno, ero stufa di quell'*have-a-nice-day*, che tutti auguravano in modo meccanico, senza sapere chi fossi o esserne interessati. Quanto odiavo le commesse al supermercato che scrutavano la carta di credito prima di restituirtela e strillavano quel saluto, *have-a-nice-day!*, senza nemmeno sollevare gli occhi.

– Allora non era tutto cosí radioso, – osserva Jessie.

Antonia scuote la testa: no certo, non lo era. Eppure – pensa fra sé – la radiosità era come la matassa in cui era avvolta la memoria, anche se le era evidente che piú raccontava e piú ne contraddiceva l'assolutezza.

– Io non avevo un'auto e Myrtha veniva a prendermi, a volte ci concedevamo dei lunghi giri. Scoprivo la città, e grazie a lei capivo. Credo fosse tutta quella diversità ad aprirmi la testa. Il dritto e il rovescio, ad esempio. Vedevo sfilare le facciate delle case, dei locali e dei negozi sulle strade, poi bastava infilarsi nei passaggi che le separavano le une dalle altre, o nelle strade posteriori, per capire che il retro era completamente diverso; non l'avresti detto nemmeno parte dello stesso edificio. Questo in Europa non accade tanto spesso, in Italia quasi mai, mentre a Los Angeles ciò che si mostra per prima cosa è spesso tutt'altro da ciò che è laterale a quella cosa stessa, e non meno interessante. Cavi, antenne, parabole, porte e aperture asimmetriche, tamponature dei muri, vegetazione lasciata a se stessa; non proprio il disordine, non necessariamente, a volte anzi una cura meticolosa ma in un altro stile, con una logica non omogenea a ciò che appare in facciata. Come se ci fosse la libertà di mostrare un volto, truccato e curato, e il suo interno con vene, capillari, strati di adipe, organi. All'improvviso, fra due case, un lotto mai edificato, qualcosa di vergine, indomato. E sotto i piedi sempre quella vibrazione tellurica, la possibilità che si scateni, che la faglia si apra. Avevo letto che ci sono dieci microterremoti al giorno, nei periodi peggiori. Ma non ci pensi. Nessuno ci pensa mentre si fa allettare dal sole, dall'aria dolce che soffia apposta per farti dimenticare che stai calcando un pezzo di terra che potrebbe inghiottirti in qualsiasi momento. Magari mentre bevi un bicchiere di Mimosa e sgranocchi *corn chips*, o mentre ti fermi a grattare via il catrame dalla pianta dei piedi quando rientri dalla spiaggia. The Big One, che per molti era solo una battuta, io lo sentivo sempre imminente e chissà: forse ne ero anche eccitata. Mi pareva di vivere sull'orlo di qualcosa di ingovernabile.

– Non ho mai pensato alla mia città come tu la descrivi, – dice Jessie, – eppure sono cresciuto anche io con la persecuzione dei terremoti. Ma per te sembra diverso, è come se la terra che trema fossi tu stessa.

Antonia sente che Jessie capisce e vorrebbe prolungare quel momento, allargarlo per farci entrare tutto quello che ancora non sa se riuscirà a raccontare.

Si è alzato un alito di vento. La fronte di Jessie non stilla piú gocce di sudore, e sulla nuca Antonia avverte una specie di brina. Ha l'impressione che in qualche modo stiano cercando di regolare insieme anche la loro temperatura, i battiti, i respiri.

– Quello che voglio dire, – prosegue Antonia dopo aver osservato un uomo al tavolo vicino bere d'un sorso una Coca-Cola ghiacciata, – è che io sentivo la solitudine, la vedevo, la toccavo come avesse una sagoma propria, e al tempo stesso vedevo la libertà, forse per la prima volta. E molto aveva a che vedere con Myrtha.

– In che senso? – chiede Jessie.

Antonia scuote la testa: – Scusami, ti sto facendo un racconto sconclusionato. Cosí non si va da nessuna parte. Se avessi parlato in altre occasioni e ad altre persone di ciò che mi capitò in quell'anno in cui vissi nella tua città, avrei elaborato una versione presentabile. Non succede sempre cosí, cioè che si costruisca una versione piú o meno attendibile, e a forza di raccontarla diventi vera? Il fatto è che non ne ho mai parlato con nessuno, a parte mio marito.

Jessie la fissa per un attimo, e si domanda se la storia della malattia di Myrtha sia diventata vera nel momento in cui gliel'ha comunicata davanti all'oceano, anche se stava accadendo da ben prima, e se la rottura con Allison non fosse cominciata prima del suo discorso davanti alla carta geografica che le aveva regalato. Un prima da cui lui era stato escluso e che di colpo parole secche come il vento gli sferzavano addosso.

Sarà vero che Antonia non aveva mai pensato di raccontare quella storia?

Si gira, guarda in direzione dell'interno del bar e dice: – Prendiamo qualcosa da mangiare. Ti va un gelato?

Alla cameriera coi pantaloncini corti è subentrato un ragazzo, probabilmente uno studente, con un forte accento del Sud. Gli chiedono un gelato, e ordinano la specialità del giorno che è melone e ribes. Arrivano due coppette, con foglie di menta e mandorle in cima. Jessie ci affonda il cucchiaio e dice che non ha mai mangiato un gelato tanto squisito, per il sapore e la consistenza. Antonia sorride, deglutisce, mormora un «ci credo» e prosegue.

– Dunque, sentivo la solitudine ma anche la libertà, che mi tentava come erba fresca sotto i piedi. Myrtha quel pomeriggio, dopo l'incidente nel gabinetto, mi riaccompagnò a casa con la sua decappottabile – la ricordo ancora: *robin egg blue* – fu la prima volta e ne seguirono molte altre. Sui cuscini di pelle color crema, coi capelli al vento e la musica che ci avvolgeva, non ero piú la stessa persona. Le palme stampavano il cielo sulle nostre teste, indossavo la tuta che mi aveva prestato Myrtha e cominciavo già a trovare assurda la mia disperazione di qualche ora prima. Al momento di parcheggiare davanti a casa mia, incontrammo sul marciapiedi un senzatetto che arrancava con una borsa di plastica presa al supermercato Ralphs, i capelli raccolti in un'unica massa arruffata e grigia, la faccia tostata dal sole, gli occhi lacrimosi. Myrtha si scansò per lasciarlo passare. Dissi che era difficile, per me, accettare la convivenza di tanta ricchezza e di tanta povertà. La solitudine di queste persone mi pareva liquefatta nell'aria, come se nessuno intorno volesse vederle. Myrtha mi chiese se nel mio Paese non fosse cosí. Le risposi che di rado raggiungeva quei livelli e soprattutto quella quantità. Valutò la cosa poi mi disse che le era sempre interessato capire come si potesse condividere, come chi aveva di piú potesse spartire con chi aveva di meno, senza per questo finire entrambi nella povertà.

«Tutti qui hanno paura di perdere i loro soldi, e tutti vogliono accumularne sempre di piú. Te ne sarai accorta. Ci sono cartelloni ovunque con la scritta: "Save money". Siamo ossessionati». Fece seguire una risatina breve. Io aggiunsi che anche la pubblicità in Italia era piú discreta. Almeno quella che si vedeva in giro per le città e lungo le strade.

Quanto alla solitudine – volle puntualizzare Myrtha – ognuno lí attraversava la propria. «E per non lasciarti sola, t'invito a cena a casa mia».

– Mi aveva soccorsa mentre stavo male, aveva ascoltato le mie confessioni, mi aveva riaccompagnata a casa e ora mi stava invitando a cena. Cosa avevo di tanto speciale? Non mi sentivo cosí nemmeno con Liam, che pure mi aveva dedicato una canzone.

Accettai l'invito, ma prima avevo bisogno di cambiarmi. Mentre mi aspettava in auto, e io infilavo il mio vestito migliore, pensai che dovevo sembrarle semplicemente esotica o pittoresca, che è l'aggettivo che meglio s'adatta all'idea che ci si può fare da lontano dell'Italia, un posto fitto di amenità locali e di mille eccezioni.

Nel tragitto che facemmo per andare a Malibu parlammo di comunismo e socialdemocrazie dei Paesi del Nord Europa. Myrtha mi comunicò con solennità che aveva frequentato Angela Davis e il suo gruppo, per un certo periodo. Sapevo vagamente chi fosse e mi limitai ad annuire. Io avevo servito per anni ai tavoli della festa dell'Unità. Volle sapere cosa fosse, glielo spiegai e provò a fare un raffronto con le convention dei partiti, quello repubblicano e quello democratico in America, ma non erano paragonabili in niente. Alla svolta in San Remo Drive, mi disse che era sposata con un artista, uno scultore, ci sarebbe stato anche lui a cena e forse anche suo padre.

Il parco mi colpí, insieme alla vista sull'oceano che appariva in lontananza tra gli eucalipti, e la piscina cosí lunga. Ero ammutolita. Myrtha se ne accorse e mi disse: «You are so pretty. You are beautiful».

Le dissi a mia volta: «You are beautiful».

Credo che quello fosse il nostro modo per livellare la differenza, perché allora io mi vedevo provinciale, abbastanza fuori posto, mentre lei era una specie di dea che per qualche strano capriccio mi prendeva sul serio.

– Sounds like the beginning of a love story, – dice Jessie, tenendo il cucchiaino con cui ha finito il gelato in equilibrio sul dorso del pollice.

Antonia annuisce.

– Al principio di ogni amicizia c'è una forma di innamoramento, non credi? Quella sera conobbi David, ma non tuo nonno. Prima di cena, David mi fece visitare il suo atelier, la casetta nel parco. Ero cosí ignorante all'epoca che tutto m'incantava. Loro due m'incantavano.

– Loro due ti incantavano? – chiede Jessie, tradendo un lieve stupore.

– Sí, certo. Vissi in una specie di stato di grazia la nostra cena nel patio, con riso, pesce e insalata di rucola che voi chiamate *arrugola* e avocado, una cosa molto esotica per me che non lo avevo mai mangiato prima. Li stupii con le mie conoscenze di opera lirica e di musica classica, poi passammo alla politica internazionale, cercando di capire cosa sarebbe successo in Iraq e se l'Europa sarebbe mai stata unita. Pensa che discorsi si facevano allora. Ero cresciuta con l'idea della moneta unica come obiettivo, e dell'abbattimento dei confini nazionali, mentre a loro sembrava un'utopia. L'Europa era ai loro occhi un continente pieno di meraviglie, ma anche lacerato da divisioni e diversità cosí forti da renderne improbabile l'unificazione. Lo sapevo bene io che venivo da una regione progressista, con un reddito e servizi sociali paragonabili a quelli dei Paesi del Nord, mentre il resto d'Italia stagnava tra disavanzo pubblico e arretratezza. Eppure, sentii dell'accondiscendenza nelle loro parole e lo dichiarai. Era l'accondiscendenza di chi riteneva di aver posto fine alla Seconda guerra mondiale e in nome di questo vantava una superiorità e un credito tutt'altro che neutri. David disse che per essere cosí giovane avevo un sacco di opinioni interessanti. Myrtha aggiunse che, nell'immagine che gli Stati Uniti davano di sé, il potere e la forza militare, sotto il vessillo della pace e della democrazia, costituivano una forma di compensazione per tutta la storia e la cultura che mancavano, anche se la maggior parte degli americani non se ne rendeva conto. «Siamo distanti, ma c'è qualcosa che ci attira gli uni verso gli altri», aveva concluso David.

Ripensandoci, ora, non so se sia vero. Quella fra europei e americani mi pare un'attrazione adolescenziale, spesso alla prova degli anni non dura. Adesso l'unica cosa che ci accomuna è una certa decadenza. Ma allora era differente, e insieme mi pareva stessimo immaginando un futuro possibile.

– Ne parli come se fosse passata un'eternità. In effetti è stato un quarto di secolo tumultuoso quello in cui sono nato e cresciuto. Ma David e Myrtha, non riesco a raffigurarmeli tanto diversi da come sono ora: due agiati americani benpensanti, meglio di altri, comunque non due rivoluzionari.

– Ti sembra strano che io li trovassi speciali? Forse non ci si stacca mai da una certa idea dei propri genitori, è solo quando li vedi attraverso gli occhi di qualcun altro che capisci quanto può esserti sfuggito. Mio padre ad esempio, sempre indulgente con me, raramente ha alzato la voce, mentre mia madre era tutto un devi fare, devi essere; qualche anno fa scopro da una loro vecchia amica, e per puro caso, che lui aveva il vizio delle carte e ci rimetteva piccole somme. Un vizio tenuto sotto controllo, discreto. Erano i giovedí sera che passava con gli amici; intanto però centellinava i soldi della spesa a mia madre, che taceva. Chissà, magari è la ragione per cui sono rimasta figlia unica, nonostante mia madre avesse desiderato un altro figlio, e anche questo l'ho scoperto dopo. Ogni famiglia ha i suoi segreti e qualcuno, prima o poi, viene rivelato.

– Ma io non ti ho cercata per avere una rivelazione. Non sulla mia famiglia, almeno, – le dice Jessie.

Antonia si smarrisce: – Certo che non mi hai cercata per questo. Tu conosci i tuoi genitori e io non ho nulla di scabroso da svelarti. Niente che tu non sappia già.

Jessie rimane in silenzio. Antonia prende fiato, ma non le vengono le parole. Si guardano, non sanno piú come andare avanti, qualcosa si è inceppato.

Pensa che avrebbe potuto essere lei la madre del ragazzo che le siede a lato e allora forse anche lui, come Anna, avrebbe rivendicato di essere diverso, di volere un destino lontano da una casa in collina piena di animali, aspirando a chissà che altro. C'è sempre qualcosa d'altro a cui aspirare, finché hai qualcosa. Sarebbe stata una battaglia estenuante anche con lui, se lo avesse cresciuto come figlio proprio?

Antonia controlla l'orologio, metà del tempo pagato al parchimetro è trascorso, e ancora non sono riusciti a dirsi l'essenziale. Pensa a quante volte ha avuto una sensazione di scacco con Anna, parole ripetute che non arrivano a significare ma velano ciò che rimane indicibile. Cos'è l'indicibile per coloro che condividono il sangue? Sapere che la vita che hai trasmesso è sana, ben custodita, nutrita, non sprecata, non messa a repentaglio o dissipata è solo l'inizio. Il potere di mettere al mondo non ha nessuna garanzia nel sangue. Antonia l'ha sempre saputo.

– Credo di non avere la chiave di quello che vuoi sapere, – gli dice sconsolata, – ho solo la mia storia da raccontarti, e forse per te non ha molto senso.

Jessie la comprende con lo sguardo, come se con gli occhi potesse disegnarla. – Secondo te ci assomigliamo in qualcosa? – le chiede.

– Non saprei. Anna, mia figlia, ha diciotto anni, e fa di tutto per non assomigliarmi, per negare qualsiasi somiglianza. A volte dice di odiarmi, piú spesso non mangia ciò che cucino. È come se volesse togliersi di dosso la carne tenera con cui l'ho messa al mondo, quelle manine e quelle guance paffute che d'altronde non esistono piú da un pezzo, e che erano cosí belle, cosí dolci.

Jessie sposta il piattino su cui è posata la coppetta del gelato, sul bordo brilla una mandorla orlata di zucchero. La porge ad Antonia e dice: prendi, è intera e non l'ho toccata.

Antonia se la porta alla bocca e prova non sa quale conforto a farla scivolare sotto i denti. Era capitato che Anna, da piccola, l'avesse imboccata. S'impadroniva del cucchiaio o della forchetta e invertiva i ruoli, voleva essere lei a nutrirla. Anche adesso, di tanto in tanto, le cucina un piatto, glielo serve, aspetta che lo finisca e le dica che è buono.

Pensi di nutrire tua figlia, facendo tutto quello che non hai fatto per colui che avrebbe potuto essere tuo figlio, poi un giorno ti domandi se invece per tutto questo tempo non ti sei nutrita di lei, l'unica che può chiamarti mamma, l'unica che può darti, e toglierti, un ruolo.

– Buona, – dice Antonia, deglutendo rumorosamente.

Di nuovo una pausa si dilata in silenzio. S'inseriscono le voci delle persone sedute agli altri tavolini, il grido delle cicale che piove dai rami del platano, lo sbuffo degli autobus, fino a quando il silenzio è talmente solidificato fra di loro da esigere un gesto per essere scosso. Jessie stende una mano sul piano del tavolo, chiede il permesso con gli occhi ad Antonia, e le fa stendere a sua volta una mano: cosí le osservano, una di fianco all'altra.

Antonia non vede tanto la somiglianza, le sue mani sono la parte alla quale ha consentito di invecchiare di piú, scavate e già velate da chiazze, mentre la mano di Jessie è grande, vigorosa, con dita lunghe e unghie arrotondate, maschili. In quel momento, però, Antonia capisce che cosa dovrebbe raccontargli, anche se ormai ha perso il filo molte volte, da quando ha iniziato a parlare. Accosta lentamente le dita a quelle di Jessie e vi si appoggia sopra. La sua mano è piú piccola e non la copre per intero, indugia, esercita una lieve pressione una volta e una seconda, poi la ritira con altrettanta lentezza e riprende il racconto.

– Poco dopo aver incontrato Myrtha, cominciai a sentire una specie di sicurezza o forse anche di spavalderia che prima non avevo mai provato. Volevo essere come lei. Avevo ben presenti tutte le differenze di età, di cultura, di classe sociale, insomma, tutta la geografia e la storia che ci separavano. Lei era figlia di ricchi immobiliaristi californiani che avevano fatto cosí tanti soldi da poter diventare collezionisti d'arte e benefattori, io venivo da una famiglia in cui quello che si guadagnava veniva usato per l'essenziale, non mi era mai mancato nulla, ma non avevo mai conosciuto il lusso del superfluo. Non era questo, tuttavia, che mi aveva attratto. Era la consapevolezza, era l'autonomia nel darsi un posto al mondo. A quell'età io non l'avevo, per troppo tempo ero stata dipendente dalle lodi o dai rimproveri dei miei genitori e non concepivo ancora di agire in libertà, se non in maniera generica per fuggire da loro. E cosa avevo fatto appena arrivata in California? Mi ero trovata un fidanzato piú grande, che mi attraeva, ma mi metteva anche a disagio. Ad esempio, quando mi diceva che avrei dovuto tagliarmi la frangia, che non avevo piú l'età per portarla, e mi sollevava i capelli fingendo di avere le forbici in mano. Glielo avevo lasciato fare, a parole. Ma quando lo avevo raccontato a Myrtha lei mi aveva detto: «Non farti mai piú trattare cosí. Sei tu che decidi dei tuoi capelli come di ogni altro centimetro del tuo corpo. Non importa se piaci agli altri oppure no. È a te che devi piacere. Sapere cosa ti dà forza, e cosa te la toglie».

All'epoca non lo sapevo. Ma iniziare a pensarci mi sembrava già un passo avanti, ed era stata Myrtha a suggerirlo. Ho imparato, in seguito, che accade spesso a una donna di capire chi vuole essere attraverso un'altra donna. Per me fu Myrtha.

La osservavo alle lezioni di yoga. Era flessuosa nei movimenti, capace di regolare il respiro e sostenere le posizioni senza sforzo, trasmetteva padronanza e armonia; avrei voluto essere come lei, ma ero ancora molto lontana dal sapere di che cosa avessi bisogno, cosa esattamente mi facesse stare bene o stare male. Mio padre mi aveva incoraggiato a praticare nuoto agonistico. Allenarmi quattro giorni alla settimana in una piscina dall'acqua fredda, satura di cloro, e presto circondata dalla nebbia e dal buio invernali, era la mia idea di cura del corpo. A quindici anni mi ero ribellata e avevo abbandonato. Poi non ero stata in grado di donare il sangue. C'era una disarmonia in me. Carol, una delle mie coinquiline, mi aveva convinta appena arrivata a Los Angeles a seguire il corso di yoga del campus universitario. Non è la stessa cosa che fare ginnastica o nuotare, mi aveva detto. Una volta alla settimana entravo in quella stanza con la luce chiara e schermata dai frangisole. Mi stendevo sulla pelle di montone a terra e cominciavo a sentire tutte le cose che non andavano: formicolii al collo, tendini che tiravano, la pancia in subbuglio. Dopo qualche tempo cominciò a emergere anche il dolore chiuso dentro, nel mezzo di qualche esercizio o di una meditazione mi ritrovavo a piangere senza un perché, e a chissà quando risalivano quelle lacrime. Non c'era piú l'esigenza agonistica di un corpo prestante, ma i gesti faticosi del corpo lasciato libero. Sentivo vicinanza con le mie compagne e compagni di corso, i maschi a dire il vero erano solo quattro. Capitava che ci scambiassimo confidenze, dopo la lezione. C'era chi parlava dei propri sogni, chi dei pensieri che aveva avuto durante gli esercizi. Ma fu con Myrtha che iniziai a esplorare il mio corpo come qualcosa che mi apparteneva.

Una volta nella piscina di casa vostra passammo, io e lei, un pomeriggio perfetto. Ricordo il sole che si rinfrange sulle tessere dorate del mosaico, io che nuoto con estrema lentezza, rallentando il piú possibile il respiro e le bracciate, fin quasi a rimanere sospesa in acqua, e mi sento felice. Myrtha si tuffa e mi dice: «Togliti il costume». Se lo toglie lei per prima, io esito, poi mi libero di un due pezzi nero, che getto sul bordo di pietra chiara. Myrtha ride e mi dice: «Qui puoi farlo quando vuoi, ma non andare in topless in spiaggia, questo è un Paese puritano, non dimenticarlo». E ride di nuovo.

Siamo due sirene, con code forti, e alghe al posto dei capelli. Una vasca immensa, solo per noi. Lei attraversa tutta la lunghezza della piscina per arrivare ai gradini. La vedo risalire da dietro, il suo dorso e i polpacci brillano, il resto è in ombra. Penso che debba dirmi qualcosa e che si girerà per farlo, ma non accade.

Poi ci stendiamo al sole, avvolte nei teli, sopra i lettini, e io dico quanto si sta bene qui, e Myrtha mi risponde che sí, stiamo davvero bene insieme, io e lei. Poi si volta verso di me e aggiunge: per qualche ragione non produco piú uova fecondabili, per questo non riesco a rimanere incinta. Vorrei tanto un bambino.

Ha gli occhi lucidi e la faccia triste. Inalo l'odore forte degli eucalipti e le dico che mi dispiace, mi dispiace moltissimo.

Jessie s'irrigidisce. – Dunque l'aveva programmato fin dall'inizio. Ti ha visto giovane, ingenua e ha pensato di incantarti, magari con i soldi.

Ma Antonia lo interrompe. – Ti sbagli. Dopo quella confessione non ne parlammo piú per molto tempo. Le chiesi se avessero pensato, lei e David, all'adozione. Mi disse di sí e che forse c'era anche un'altra possibilità, ne avrebbe parlato a breve con il suo medico. Ma non andò oltre, non quella volta, né per alcuni mesi in seguito.

Nuotavamo insieme – ormai togliersi il costume era diventato un rito e non ce ne privavamo nemmeno quando David s'affacciava dal bungalow e si spingeva fino alla piscina – ci stendevamo al sole, ascoltavamo musica. Myrtha mi raccontava di quando da piccola rientrava dalla spiaggia con i piedi sempre macchiati di catrame, e doveva tenerli un'ora in ammollo dentro una bacinella con il bicarbonato, intanto io guardavo il suo fisico atletico e morbido insieme, il petto tanto piú materno del mio, e trovavo incomprensibile il fatto che una donna cosí a proprio agio con il corpo non potesse procreare.

Io ero quella che non sapeva nutrirsi, e finiva col mal di stomaco perché esagerava con i nachos al formaggio o la birra ghiacciata; io ingrassavo e dimagrivo, avevo un'oscura paura del sangue, e spesso ero insoddisfatta dei miei rapporti sessuali, cosa di cui a malapena riuscivo a parlare con Liam. Se qualcuno mi avesse detto che c'era un organo che non funzionava dentro di me, gli avrei creduto sulla parola, perché ero piena di stonature. Myrtha era invece calma e liscia come l'acqua della sua piscina, emanava equilibrio, eppure le sue uova non erano fertili.

Dove andava a finire, allora, l'accordo fra dentro e fuori che mi era stato insegnato fin dalle prime lezioni di yoga, quando il maestro introduceva ogni esercizio spiegando la sua azione sul corpo e sulla psiche? Considerando le cose da questo punto di vista, era una beffa o un'ingiustizia che Myrtha non potesse concepire, lei che non tradiva mai disagio. Non potevo vedere Myrtha senza pensare che il suo desiderio piú forte le fosse precluso, per via di un difetto fisico. Mi tornava in mente mia madre, anche lei sembrava abitare con naturalezza il proprio corpo, non si lamentava mai di nessuno dei fastidi che provavo io, niente mal di testa, niente mal di stomaco, una sola volta l'avevo trovata in lacrime in bagno, con un assorbente in mano. «Anche questo mese è andato», aveva detto, non era rimasta incinta, lo sancivano le mestruazioni e quel pianto che tante volte è venuto pure a me, al termine del ciclo, non perché desiderassi aver concepito, piuttosto perché avevo l'impressione di uno spreco, e della perdita di qualcosa che il mio corpo aveva impiegato tempo e cura a confezionare.

Quando conobbi Myrtha non avevo idea di cosa volesse dire desiderare un figlio, se non in maniera vaga. Mi soffermavo per strada se vedevo dei bei bambini, come fanno in molti, ma proprio a una festa a casa di Myrtha mi era capitato di chiedere, con scarsissimo tatto, alla madre di quattro chiassosi maschi se le urla, gli spintoni, le continue richieste risultassero piú accettabili se venivano dai tuoi figli, insomma, le avevo lasciato intendere quanto fossi infastidita dalla sua prole che giocava intorno a noi con pistole ad acqua e fischietti. Lei mi aveva detto che in effetti i propri figli si tolleravano di piú, o ci si faceva l'abitudine, in qualche modo. Prima di andarmene, avevo visto Myrtha accarezzare i piedi grassocci del piú piccolo, quello che stava ancora in passeggino, e lí avevo avvertito come una cosa concreta il suo desiderio.

Poi ci fu la gita a Griffith Park, volevo vedere l'osservatorio astronomico e Myrtha mi accompagnò in un tardo pomeriggio, cosí saremmo potute rimanere fino a dopo il tramonto. Contai dieci insegne di «Psychic» e lo feci notare a Myrtha, le chiesi se lei ne avesse mai frequentato uno, di quei maghi o sensitivi. Mi rispose che c'era andata una volta, senza molta convinzione, perché non le piaceva che qualcuno le raccontasse il futuro leggendole le carte o la mano, anche se era evidente che in città, dopo quella di accumulare e risparmiare soldi, conoscere il proprio futuro costituiva un'ossessione altrettanto forte, a giudicare dal numero di posti in cui si prometteva di farlo. Domandai per quale motivo, e Myrtha disse che secondo lei le due cose erano legate, e forse l'ultima dipendeva da quante speranze di successo venivano trascinate fino a quella città circondata dal deserto e che novant'anni prima a malapena esisteva. Un posto ostile in cui erano state riversate milioni di illusioni. In ogni speranza c'era dell'irrazionalità, e quanto piú grande era la speranza, tanto piú forte doveva essere l'irrazionalità.

Quando fummo in cima alla collina, e la città sembrava ondeggiare sotto di noi nell'aria rovente, mi rivelò la sua intenzione di ricorrere alla fecondazione assistita. Dovette spiegarmi con pazienza il procedimento per due volte: non capivo come potesse funzionare che un uovo non suo venisse fecondato su un vetrino e poi impiantato nel suo utero. Non ne avevo mai sentito parlare prima, ma Myrtha mi assicurò che era una tecnica già praticata da qualche anno in California. Il primo caso di fecondazione in vitro era avvenuto in Inghilterra nel 1978, due anni dopo era nata la prima bambina con la stessa tecnica all'Università del West Virginia, e da allora si erano create banche di raccolta non solo del seme, ma anche delle uova; nel frattempo nel 1984 in Australia era nato il primo bambino da un ovocita donato. E questa si chiamava fecondazione in vitro eterologa, perché colei che portava la gravidanza non era la stessa persona che aveva dato l'uovo.

Dopo averne a lungo discusso con il suo medico, Myrtha aveva preso contatto con una clinica e con un ginecologo che avrebbe assistito lei e David in questa avventura. Credo abbia usato la parola avventura, ma non ne sono certa e comunque la mia prima obiezione fu di carattere scientifico: come era possibile portare dentro il proprio corpo cellule altrui, e per di piú cellule destinate a crescere, moltiplicarsi e strutturarsi in un altro essere, quando il sistema immunitario era sempre cosí pronto a difendersi da qualsiasi intrusione?

Myrtha non aveva una risposta precisa, ma le avevano detto che, come per la donazione di sperma, anche per quella di un uovo il criterio di selezione avrebbe rispettato il piú possibile la sintonia cercata dai genitori. Per intenderci, non si sarebbe fatta impiantare l'uovo di una donna bionda e con gli occhi azzurri, ma possibilmente di una che avesse i suoi stessi colori.

Il problema non era quello, mi trovai a insistere. Non era ciò che intendevo per compatibilità. Ero divertita dall'ingenuità di Myrtha e affascinata da una questione che non mi ero mai posta: come mai l'utero non si attivava con tutte le sue armi contro un tessuto estraneo?

Lo faceva il sangue ad esempio, che poteva essere mescolato solo se compatibile, per non parlare di tutti gli altri organi che secernevano veleni se accostati o sostituiti da materiale simile a loro, ma non dello stesso organismo. Ci pensai anche mentre Myrtha s'inoltrava nei dettagli della stimolazione ormonale uterina, necessaria a lei che avrebbe condotto la gravidanza, e di quella ovarica, necessaria per la donatrice. Continuai a pensarci durante la visita all'osservatorio – avvistammo una prima stella in cielo! – e dopo che ci fummo salutate e, anziché rientrare a casa, decisi di spingermi fino alla biblioteca biomedica del campus per fare qualche ricerca. All'epoca le informazioni non erano disponibili sul web, ma trovai una bibliotecaria informata sull'argomento che mi depositò un pacco di riviste scientifiche sul tavolo, e cosí fino alle undici di sera rimasi lí a studiare.

L'utero non assomiglia a nessun altro organo: è una fortezza superprotetta, ma anche estremamente accogliente. Lí si fondono due scrigni di cellule diverse, quelle maschili e quelle femminili, ventitre cromosomi lo spermatozoo e ventitre l'ovocita. Nell'utero s'incontrano e non vengono attaccate, seppur estranee, come se la vita mettesse da parte la propria singolarità nel momento fondamentale della sua trasmissione. Cercai di spiegare quello che avevo appena scoperto a Liam, quando ci incontrammo alla chiusura della biblioteca. Lui mi disse che in effetti quella tecnica avrebbe consentito a molte coppie che non riuscivano a procreare di avere un bambino; non ci aveva mai pensato prima, ma era evidente che come si donava il seme, cosí si potevano donare uova. La cosa entusiasmava entrambi, credo per ragioni diverse, comunque mi ritrovai a dire che io l'avrei fatto volentieri per un'amica.

Non so se al momento Liam abbia considerato la mia affermazione in astratto o ne abbia valutato la possibilità concreta. In seguito, quando gli dissi che avevo deciso di donare un uovo a Myrtha, ne fu molto meno convinto, ma a quel punto risultava confuso a entrambi il motivo per cui continuassimo a frequentarci.

Stesa sul letto della mia camera, quella notte, guardavo lo scorrere delle luci provenienti dalla strada riflesse sul soffitto, e dopo un po' diventarono perle che scorrevano, gocce d'acqua che colavano da un telo mosso dal vento, uova che sbocciavano. Sognai gli articoli che avevo letto in biblioteca, in un pezzo di sogno rividi Myrtha di spalle: ero io in quella schiena, in quella nuca, ma come fuori da me stessa. La mattina seguente presi la decisione di chiamarla e farle la mia proposta. Ci incontrammo dopo le lezioni al campus, venne lei a casa mia. Le dissi che anziché ricevere gli ovociti dalla clinica e da una sconosciuta, glieli avrei donati io. Rimase molto stupita e mi chiese perché volessi farlo. Ricordo il movimento del pulviscolo colpito dal sole alle sue spalle, mentre me lo chiedeva. Le risposi che io avevo qualcosa che lei non poteva avere e che volevo condividerlo. Se fosse stata al mio posto non avrebbe fatto lo stesso? Non mi diede la risposta subito, si alzò e fece qualche passo nella stanza, poi si sedette ai miei piedi, sul pavimento e disse: «Ma tu cosí non perdi qualcosa?»

Non perdevo niente, ero piena di uova. Ogni mese, ce n'era almeno uno pronto a essere fecondato; come i granelli di polvere nella luce intorno a noi, erano migliaia. Perdeva forse qualcosa chi donava il sangue?

Da quella posizione, quasi inginocchiata, Myrtha tracciava un cerchio intorno a sé con le dita. «Non è la stessa cosa, il sangue donato non diventa un'altra vita, si fonde a quella di chi lo riceve – disse. – Io invece, se tutto va bene, avrò un bambino, che sarà anche tuo, in parte. Almeno avrà il tuo corredo genetico, forse perfino la tua bella faccia italiana».

«Sí, avrà il mio corredo genetico, ma sarà tuo. Crescerà dentro di te, tu lo partorirai e lo alleverai. Io fra poco me ne andrò di qui e voi avrete la vostra vita». Mi sembrava logico rassicurarla, ma capivo che c'era qualcosa che la preoccupava, accennò alla fattibilità legale di quello che le avevo proposto, poi mi promise che io sarei rimasta sempre nella sua vita. Ci abbracciammo, e ci tenemmo le mani nelle mani; dopo un po' erano bagnate di sudore, nervose, eppure rimanevamo lí incollate, sapevamo di aver stretto un patto. In quel momento ero piena di convinzione e orgogliosa. Credevo che in qualche modo saremmo rimaste l'una nella vita dell'altra, per la forza con cui senza fare niente di rilevante lei aveva cambiato la percezione che avevo di me stessa, indicandomi la donna che volevo diventare.

Jessie l'ascolta, con l'espressione incantata dei bambini cui si racconta una favola, ma con la stessa prontezza dei bambini ha registrato il punto che non gli torna e la interrompe per chiederle: – Poi cosa ti ha fatto cambiare idea, perché hai deciso di non volere avere piú niente a che fare con Myrtha, e di non voler sapere nulla del bambino che sarebbe nato, cioè di me?

Antonia si perde con lo sguardo altrove, su dettagli isolati: un mattone sbreccato colpito dal sole sulla facciata dell'edificio di lato, il parafango lucido della bicicletta appena mollata per terra da un bambino. Cerca la concentrazione, adesso che sono arrivati al punto piú difficile, dove ormai è rimasto poco da raccontare, se per racconto s'intendono solo i fatti.

– Questa è la vera domanda che mi volevi fare, questa è la ragione per cui mi hai cercato. Ti sembra accettabile se ti dico che non potevo fare altrimenti? Sono certa che Myrtha e David siano stati buoni genitori per te e che ti abbiano cresciuto con tutto l'amore possibile. Per quanto mi riguarda non ho altra spiegazione che la mia paura, che da un certo momento in poi prevalse su tutto. Fui euforica per un po' di tempo, dopo quel giorno. Poi il mio proposito prese contorni reali: ci furono la visita alla clinica, gli esami preliminari – quelli sí, tutti a spese di Myrtha, con la mia assicurazione sanitaria da studentessa dell'università non avrei potuto permettermeli. Ero sana come un pesce e, prevedibilmente, fertile. Potevo fare qualcosa di quella mia salute fisica, per un'altra persona. Mi vennero rispiegate le modalità della tecnica ed entrai in una specie di trance ormonale, iniziando la stimolazione, piccole iniezioni sottocutanee. Mi sentivo forte, generosa, ero diventata padrona del mio corpo come diceva Myrtha. Nuotavo anche trenta vasche al giorno e all'uscita, grondante di acqua e di endorfine, pensavo che non ero stata capace di donare il sangue, ma avrei donato la vita stessa. La gentilezza delle infermiere e dei medici della clinica mi faceva sentire importante e protetta. A lezione di yoga, Myrtha si sedeva sempre nel posto accanto al mio, e mi diceva: «Dobbiamo sentirci sincronizzate». Fu allora che cominciai ad avvertire come una seconda pelle che mi cresceva dentro o addosso e, inaspettato, il bisogno di liberarmene. Myrtha mi aveva insegnato a essere un po' di piú chi volevo, ma desideravo a quel punto allontanarmi da lei. Non riuscivo a pensare a te, al bambino che sarebbe potuto nascere; era un'idea troppo astratta. Ancora meno pensavo a me stessa come a una madre. I was a giver. Un dono in fondo non è mai una necessità, e forse nemmeno una responsabilità. Quando mi fecero il prelievo degli ovociti, sdraiata sul lettino di una stanza con l'aria condizionata troppo pungente, fu un sollievo. Mi svegliai da quella breve anestesia liberata. Era finita. Avevo fatto ciò che mi sembrava giusto fare per un'amica, ma al tempo stesso iniziai a percepirne l'enormità. Poco dopo avvenne l'impianto, rimasi con Myrtha nella clinica, ci tenemmo ancora una volta per mano, i palmi sudati, emozionate. Lei, credo, molto felice, David a modo suo anche. Ma io stavo già scappando, mi era venuto il terrore della vita che avrebbe attecchito.

Jessie avverte la stanchezza nella voce di Antonia, la tribolazione di quel racconto in cui si è perso svariate volte e che adesso sta per concludersi, riportandoli di nuovo l'uno di fronte all'altra, consanguinei e sconosciuti, ma vuole capire di piú. – Di che cosa era fatta la tua paura? – chiede ad Antonia.

Lei scioglie i capelli dallo chignon, e li riannoda con un gesto rapido e modellato dall'abitudine, una goccia di sudore percorre l'incavo della nuca.

– Credo fosse la paura della vita stessa. Mi piaceva Liam, a tratti forse ne ero anche stata infatuata, ma innamorata no. Per quanto inesperta, riconoscevo la debolezza dei sentimenti che avevo provato nei suoi confronti. Tuttavia, anche se solo nella mia immaginazione, avevo sfiorato la possibilità di aver concepito un figlio con lui e magari di averlo perso in un gabinetto della scuola di yoga. Quello che avevo fatto per certo, invece, era aver donato le mie uova, una delle quali era stata fecondata su un vetrino, nel freddo pungente di una delle stanze della clinica sull'oceano. In nessun caso c'era stato l'abbandono inconsulto del sesso, l'esultanza di un momento in cui il desiderio si era fatto assoluto. Mi pareva incredibile che la vita fosse sopravvissuta ai guanti in lattice, alla sonda in pvc, al vetro asettico, a tutta quella sterilità. Eppure. Myrtha era incinta, nel suo ventre c'era una creatura che cresceva. Avevo compiuto un gesto piú grande di me e ne avevo paura. E poi, – Antonia esita e riprende con un sospiro, – avevo paura di vederti, di vedere qualcosa che non sarebbe stato mio, che sarebbe cresciuto in un mondo che non mi apparteneva, avevo paura della gelosia che iniziavo a provare per Myrtha, e che non avrebbe fatto che aumentare, quando i segni della gravidanza avrebbero cominciato a mostrarsi. Ci pensavo: la tuta avrebbe tirato sui fianchi, il seno si sarebbe ingrossato. A volte fra ragazze capita di scambiarsi i vestiti. Presti la tua maglietta o i tuoi pantaloni a un'amica: su di te non valevano niente, e di colpo sull'altra sembrano proprio quello che ci voleva per farla risaltare. Dopo non è detto che tu li rivoglia indietro, però ti può anche succedere di invidiarla, di domandarti perché addosso a te non facessero lo stesso effetto. Non volevo sciupare il mio dono con la gelosia. Si può anche non essere all'altezza di un proprio atto di generosità. Io non lo sono stata.

Jessie inclina la testa di lato, si lascia trasportare dal dondolio delle foglie sulla cima del platano, il vento non arriva alla loro altezza ma fa presagire una brezza piú fresca. Antonia dice: – Il vento.

– So you left, – dice Jessie.

– Sí, me ne sono andata e non ho piú voluto sapere nulla di Myrtha e di David. Tramite una delle mie coinquiline, Myrtha è poi riuscita a recuperare l'indirizzo dei miei genitori in Italia e mi ha cercato, ma io ho sempre rifiutato qualsiasi contatto, non ho mai aperto le sue lettere. Mi sono convinta, nel tempo, di averle fatto un favore.

Jessie corruga la fronte e tamburella con le dita sul tavolino. – Ma questo non era il vostro accordo, – dice.

– No, non all'inizio. Ma nessuna delle due aveva realmente idea del futuro che ci stava aspettando, certe cose si capiscono solo con l'esperienza. E io ho capito che non ce l'avrei fatta.

Rimangono cosí, in silenzio, senza guardarsi, nella luce del giorno che sta finendo.

– Sai che ti dico? Probabilmente all'epoca non ce l'avrei fatta nemmeno a diventare madre. Non basta rimanere incinta.

Jessie rialza lo sguardo perplesso.

Antonia controlla l'orologio: mancano meno di dieci minuti alla scadenza del parchimetro. Dice aspettami qui, e si avvia verso la cassa, all'interno, per pagare. Con uno scatto involontario, mentre estrae le banconote dal portafogli e le porge al barista, si volta per controllare che Jessie sia ancora là. Che non sia evaporato nella calura di un tardo pomeriggio d'inizio estate. Un sogno troppo vivido, essudato dai mattoni rossi.

Jessie è sempre seduto al tavolino, sta digitando su un piccolo laptop, forse scrive a Myrtha o a David, forse a una fidanzata. Che ne sa lei della sua vita? Davvero poco, a parte che preferisce l'acqua naturale a quella gassata, e che ha fatto un lungo viaggio e un grande sforzo per incontrarla. Un gesto estremo, come estremo è stato il suo di ventisei anni prima. Antonia si domanda se siano momenti del genere a imprimere una direzione alla vita, mentre il resto non è che un accumulo di fatti irrelati, scorie, ripari nei quali ci si rifugia da se stessi, dalle proprie esuberanze, dal coraggio o incoscienza di un attimo. Si è messa al riparo da Myrtha e da Jessie molti anni prima e ora lui è tornato da lei come nodo da sciogliere.

Adesso ha lasciato il tavolino e le sta venendo incontro, Antonia ha pochi secondi per decidere se invitarlo a casa sua o trovare un modo per congedarsi, ma Jessie la precede, la prende per mano, di nuovo con quel gesto che le ricorda Myrtha, e chiede: – Posso conoscere tua figlia?

L'interno dell'auto lascia molto a desiderare, Antonia lo sa e prova a scusarsi a partire dal tappetino e dal sedile inzaccherato di peli lunghi e grigio-bianchi. – Sono di Otto, il mio cane, a volte sale con me e poi non ho il tempo di ripulire, – ha detto, facendo accomodare Jessie, ma subito dopo si è ricordata che anche lo stereo non funziona, e qualche filo pencola indecorosamente, per non parlare dell'aria condizionata sparata da bocchettoni antidiluviani tanto che, forse, è meglio tenere i finestrini aperti. Sono le cose di cui si lamenta sempre Anna invocando un'auto nuova; lagne, le chiama Antonia, che non ci ha mai badato troppo. Ci pensa adesso, le pare di vederle con gli occhi di Jessie e di sentirsene giudicata. Eppure, questa è lei: non riesce a dare importanza a una macchina, anzi forse l'unico modo in cui riesce a tollerarla è che sia stagionata dall'uso e dagli anni, senza la minima pretesa, se non quella di funzionare quando è necessario. Jessie non ci fa caso piú di tanto, afferra un lungo pelo che si è appiattito sulla stoffa del pantalone che indossa e lo osserva in controluce, come ne studiasse la razza, e rimane in silenzio. Appena abbandonano i viali di circonvallazione della città, dirigendosi verso la collina, Antonia gli dice che non sarà un tragitto lungo, che distano pochi chilometri dal centro, ma dove abita è già verde e campagna, allora Jessie le chiede: – Dunque è qui che volevi ritornare, in un posto in cui sai che c'è un cuore che sta fermo e che puoi sempre ritrovare, mentre tu ti sposti dalla civiltà?

Antonia sorride. – Il massimo spostamento che ho fatto nella vita è stato per tua madre, – gli dice. – Ma lei non era il mio centro, e quando ho immaginato che tu saresti diventato il suo, sono scappata. Avevo desiderato essere come lei, poi avevo scoperto di avere qualcosa che lei non poteva avere e glielo avevo regalato, infine ne stavo diventando gelosa.

Jessie abbassa il finestrino e sporge un braccio fuori, verso le siepi che bordano la strada in leggera salita. – E quando sei tornata a casa, l'hai ritrovato un cuore?

Ad Antonia viene fuori una risata roca, di gola. – Ho trovato una nebbia densa ad avvolgermi fin dall'aeroporto, tanto che non sapevo nemmeno piú dov'ero. Sono arrivata a ottobre con addosso i vestiti dell'estate e mi sono vista in pieno autunno padano, ogni superficie bagnata dall'umido, i contorni sbavati. Ho impiegato i dieci anni successivi a trovare un cuore, o il centro come dici tu.

– Ed è lí che mi stai portando?

– In un certo senso, sí.

Antonia guarda la strada mentre guida poi, quando sono fermi a uno stop, si gira verso di lui e gli appoggia un dito sul braccio, affondando leggermente nella carne, ed esclama: – Dio mio, esisti per davvero.

Quando arrivano a casa di Antonia non c'è nessuno, tranne Pietro che sta pulendo le uova delle galline sul piano del lavabo esterno, vicino all'orto e alla stalla. È lí che Antonia conduce Jessie, passando sotto la veranda di glicine e a fianco della piscina, ancora illuminata dal sole.

Pietro squadra Jessie per qualche istante, dubbioso – che Antonia voglia sostituirlo prima di ottobre, quando lui ha detto che se ne andrà? – poi gli basta sentirne la pronuncia straniera per tranquillizzarsi. Intanto ragguaglia Antonia: – Il capretto sta bene, si è sollevato sulle proprie zampe. Invece, – aggiunge, – ho notato vicino alla recinzione dei gomitoli di pelo, a occhio sembrerebbero donnole, o volpi. Direi piuttosto donnole. Una volpe non riuscirebbe a infilarsi sotto il filo metallico o attraverso i fori della rete, ma una donnola sí. Ricordo che nella tenuta dei miei nonni fecero un paio di stragi orrende. Trovammo un intero pollaio di galline riverse a terra, sgozzate, il sangue succhiato dalle donnole. Sono troppo piccole per mangiarsi l'intero animale, ma lo dissanguano prendendolo al collo.

– Che possiamo fare? – chiede Antonia, disgustata dalla descrizione e impensierita: non era mai successo che avessero predatori feroci intorno al pollaio.

– Bisognerebbe mettere delle tagliole lungo il perimetro esterno, – suggerisce Pietro, indicando con un gesto vago alle sue spalle.

– Domani procurati tutte quelle che servono al consorzio. Non che mi piaccia l'idea di un animale alla tagliola, ma non voglio nemmeno perdere il pollaio, – sospira Antonia e aggiunge, rivolta a Jessie: – Andiamo.

Jessie ascolta le ruvide istruzioni impartite da Antonia, affascinato. Ricorda di avere visto da vicino galline e tacchini durante una gita scolastica in una fattoria di prodotti biologici nella California del Nord, ma non ha mai osservato quanto siano sporche di paglia e sterco le uova appena colte dal pollaio. Pietro le sfrega con cura, rigirandole molte volte, prima di riporle dentro contenitori di cartone sagomato.

Antonia conduce Jessie verso l'orto, davanti alla prima presa di pomodori inizia a spiegargli come accatastino su ogni piantina interrata un monticello di compost naturale per concimarla, poi si interrompe, come se avesse cambiato idea e l'orto non fosse che un luogo pieno di tante sfumature di verde e nugoli di zanzare da cui proteggersi e fuggire. – Ti porto nella stalla, – gli propone. Jessie la segue nel fabbricato lungo, dove li raggiunge l'odore un po' acido del latte e del fieno, li scrutano gli occhi obliqui degli animali che avanzano incuriositi. Antonia accarezza il muso di alcuni, ad altri regala leggere pacche sui quarti muscolosi e tondi. Conduce Jessie fino all'angolo in cui stanno la mamma e il neonato capretto. Glielo indica: – È nato quando sei arrivato tu. Un parto difficile, – aggiunge.

– Non ho mai visto nascere un animale. Nemmeno un gatto, – commenta Jessie, con una voce che ad Antonia pare uscire dall'ovatta, o forse dalla commozione che prova a intermittenza, e che rende tutto intorno a lei cedevole e remoto.

– Qui non ti mancherebbe l'occasione, – gli dice Antonia rialzandosi dalla posizione accovacciata in cui si era messa per accarezzare il capretto, – anzi, è possibile che domani si schiudano le uova che una delle galline sta covando. L'avrò visto non so quante volte, eppure m'incanta sempre vedere i pulcini bagnati e bruttini uscire dal guscio e diventare palline piumose.

Lasciano la stalla e imboccano il viottolo che va verso la piscina, nella parte in ombra l'acqua si è già fatta cupa, mentre continua a brillare nei metri ancora attraversati dai raggi radenti e quasi orizzontali sulla superficie appena increspata.

– E cosí questa è la tua vita, – dice Jessie, fermandosi sul bordo della vasca.

Antonia annuisce: – Mancano Paolo e Anna, che spero arrivi, l'ho supplicata di tornare a casa, ancora non ha risposto ai miei messaggi, – dice, estraendo il cellulare dalla tasca del vestito. – Ti dispiace se vado dentro a preparare la cena? Se preferisci rimanere qui, ti porto una birra, oppure mi segui in cucina, come credi.

Jessie accetta la birra e si ferma a piedi nudi, apprezzando il tepore del bordo di pietra. Lo colpisce una scritta ricavata con conchiglie e cocci colorati incastonata nel muro, sotto la veranda: Anna.

Tutto gli appare curato, perseguito con un amore per i dettagli imperfetto e artigianale, il contrario dello sfavillio atemporale del parco della casa di Myrtha, o forse una sua versione ammorbidita: niente eucalipti centenari, ma tante piccole piante stagionali, dentro vasi di coccio e di latta dipinta di bianco e azzurro.

L'euforia che lo ha sostenuto per l'intero pomeriggio sta scemando nei sorsi di birra che si concede, nota sassi che spuntano malinconici in mezzo all'erba, sull'acqua scura pattinano con fervore pattuglie di idrometre.

Se Antonia fosse rimasta nella vita di Myrtha, e nella sua. Se avesse saputo fin da piccolo del proprio concepimento a tre. Se fosse cresciuto sapendo di avere una mezza sorella in Italia. Se Myrtha non si fosse ammalata e non avesse sentito l'urgenza di rivelarglielo. Se lui, dopo aver saputo, avesse deciso di andare avanti come prima, senza cercare di complicarsi la vita. Se Antonia fosse una donna piú leggibile. Se non avesse avuto l'impressione di essersi appena infilato in un'altra storia di famiglia di cui vedrà solo la superficie, perché le radici stanno conficcate nel buio, dove devono stare. Se solo si decidesse a entrare in cucina e smettesse di guardare dall'esterno quel cuore che ha voluto conoscere. Se fosse possibile accettare la vita per come è, senza voler risalire a ciò che c'era prima, e prima ancora, nell'ostinata convinzione che chi sei implica: di chi sei, e da dove vieni.

Le fotografie sono la prima cosa che gli viene incontro, quando entra in cucina. Ne è tappezzato il frigorifero, dove Antonia lo invita a servirsi di un'altra birra.

Appiccicate con calamite agli angoli, inclinate di lato, in parte sovrapposte, le immagini lo guardano con la disinvoltura invadente degli scatti che non hanno trovato posto dentro una cornice e sembrano sgusciare direttamente dalla vita stessa. Sorridente o con smorfie, quello che appare piú spesso è il volto di Anna, piccola in passeggino, ai suoi primi passi – un'adorabile paffutella con chioma d'angelo – poi via via sempre piú grande, e ritrosa, un'adolescente che si nasconde dietro i capelli lunghi e una felpa fuori misura. Due foto riuniscono la famiglia: in spiaggia, quello a destra deve essere Paolo, alto e secco, coi capelli che devono aver iniziato presto a imbiancare e gli occhi addolciti da una specie di affanno, Antonia di fianco a lui e Anna davanti a loro nel mezzo; è su di lei che si concentrano gli sguardi dei genitori, si appoggiano, sorvegliano. Nell'altra sono seduti a un tavolo, in un interno, forse nella stessa cucina, fra di loro resti di coppette di gelato, un rebus scarabocchiato a mano con disegni, l'espressione trionfante di Anna, quella vinta e divertita di Paolo e Antonia. In entrambi i casi si direbbe una famiglia felice, che ha trovato dei riti per contenere il tempo, scandire la fatica.

Anche a casa sua, o meglio a casa di Myrtha, c'erano decine di fotografie che immortalavano la sua infanzia. Da piccolo era convinto di assomigliare a Myrtha, e d'altronde tutti glielo dicevano. Aveva, come lei, la pelle chiara che si copriva facilmente di lentiggini. Questa, a dire il vero, era una caratteristica anche di suo padre, lontano sangue irlandese, si diceva; per quanto ogni notizia o particolare relativi a David sfumassero nella leggenda. David parlava in modo contenuto e aveva la tendenza a raccontare aneddoti divaganti, a chiudere le frasi con citazioni e versi di poesie. La combinazione delle due cose induceva la gente a farsi idee sul suo conto. Si era davvero diplomato al Vassar College, ad esempio, uno dei primi maschi a essere ammesso, e aveva davvero rotto per sempre con i suoi genitori decidendo di partire su un pulmino Volkswagen diretto in California insieme ad altri tre compagni di studi? Probabilmente erano fatti accaduti, ma il loro racconto rimaneva isolato, David non si dava mai la pena di spiegare cosa fosse successo prima o dopo – perché ad esempio non avessero mai visto i nonni paterni, o dove fossero andati a finire gli altri due amici fuggiti col pulmino – e cosí Jessie aveva maturato una specie di perplessità nei confronti di quel padre taciturno e mercuriale che a volte sembrava uscirsene apposta con frasi in francese perché nessuno lo capisse, e anche il francese chissà dove lo aveva imparato. *Tant pis*.

Per lungo tempo l'idolo di Jessie era stata Myrtha con la quale tutti ribadivano la somiglianza, era lei che tesseva la storia della sua vita da quando pare s'ingozzasse di latte e biscotti nel biberon a quando, a sei mesi, aveva addentato un hamburger.

«Di chi è questo bambino?» tuonava con il vocione allegro Myrtha, un giorno, mentre lo rincorreva in giardino per fargli il solletico. Jessie si era rifugiato nel padiglione del padre che stava lavorando a un certo progetto di creta, per cui aveva mucchi di terra e bacinelle d'acqua sul piano, insieme ad armature di fil di ferro. Lí dentro la luce era meno feroce che all'esterno, filtrata dalle persiane semichiuse, soffusa di fumo di sigarette.

«Ah, ah, sei in territorio neutro», gli aveva suggerito David, una volta entrato.

Myrtha era arrivata subito dopo, sulla soglia li aveva squadrati e, tirandosi indietro una ciocca scura di capelli, che nella penombra pareva un rettile, aveva detto, puntando verso il bambino: «Jessie, devi scegliere».

David l'aveva preso sulle ginocchia e rivolto a Myrtha: «Cosa vuoi che possa scegliere il bambino. Adesso sta qui con me e mi aiuta un po'».

Quello è forse l'unico episodio che Jessie ricorda, anche se devono essercene stati altri che hanno lasciato trapelare un discorso che lo riguardava, ma che era stato fatto altrove, mai direttamente a lui: intenzioni censurate, accordi da rispettare. Suo padre e sua madre che si dividevano il campo, lui amato da entrambi, eppure attraversato da incertezza, solo per pochi istanti e senza sapere il perché. «Sei un bambino sensibile», gli veniva detto spesso.

Con l'adolescenza e lo sviluppo la somiglianza con Myrtha era venuta via via meno, e anche questo era parso naturale, cosí come il suo attaccamento si era incrinato. Jessie aveva cominciato a posare su di lei un occhio piú critico. Myrtha era dispersiva, stava a malapena dietro la fondazione ereditata dal padre e continuava a lanciare progetti che poi non seguiva o seguiva male. Pagava due volte fornitori e creditori perché spesso dimenticava di pagare per tempo. Era generosa con chi aveva meno, ma forse lo faceva solo per tacitare la coscienza. Era frivola. Poteva passare interi pomeriggi ad aste di porcellane Biedermeier di cui non aveva nessun bisogno, e per giunta Jessie era quasi certo che avesse fatto ricorso a qualche ritocco estetico. A sedici anni aveva una madre troppo liscia per averne cinquanta e non credeva che fosse grazie allo yoga e alla buona alimentazione, come sosteneva lei.

La concentrazione ascetica e sfuggente di David gli era sembrata a quel punto piú congeniale, forse l'unico equilibrio possibile per una vita in cui c'era tutto, fuorché un obiettivo. Ma l'obiettivo di Myrtha – era evidente – non era stato altro che lui, quel bambino adorato che poi era cresciuto e come tutti i bambini si era rivelato un po' meno adorabile, anche se lei non aveva smesso di inondarlo a ogni occasione delle pagliuzze dorate della sua devozione. E dalla devozione lui era voluto fuggire.

Antonia lo osserva e si domanda se anche lui guardando le foto di Anna abbia notato una vaga aria di famiglia, come l'ha appena notata lei.

Gli dice: – Paolo ha sempre saputo, ma Anna no. Posso presentarti come il figlio della mia amica Myrtha?

Jessie si gira verso di lei, come risvegliandosi da un sogno. Dà le spalle all'anta del frigorifero tappezzata dalle fotografie, e avanza verso i fornelli. In cucina fa caldo, Jessie vorrebbe togliersi la camicia ma si limita a scostarla in corrispondenza dello sterno per rinfrescarsi.

– Sono a tutti gli effetti il figlio di Myrtha, la tua amica, – ribadisce con una lieve piega ironica sulle labbra.

Antonia si asciuga le mani sul grembiule e aggiunge: – Ho intenzione di spiegarle ogni cosa, ma dopo. Oggi non ce la farei, non mi sento pronta. Non tutto in una volta.

Jessie annuisce, pensa che non le ha ancora rivelato che Myrtha è ammalata. Non tutto in una volta, gli ha appena detto Antonia. A lui invece è toccato proprio cosí: la paura di perdere una madre, quella di trovarne un'altra, e non sapere piú, alla fine, cosa sia una madre.

– Mi prenderesti una ciotola, nel mobile di fianco a te, lo sportello in basso? – gli chiede lei.

Jessie gliela porta, e non sa come, nel porgergliela, gli esce un *Madame*, che avrebbe potuto dire suo padre.

Antonia scuote la testa, lo chignon si allenta sulla nuca. – Avevo ragione a essere gelosa di Myrtha, guarda cosa sei diventato.

Allunga una mano verso di lui in un tentativo di abbraccio, ma non arriva a toccarlo, si ferma prima, si gira con un movimento brusco e riprende a tritare prezzemolo con una mezzaluna.

Il rumore ritmico della lama sul tagliere cadenza il reciproco silenzio, poi Antonia riprende: – Non è stato facile rimanere incinta. Ci ho messo piú di due anni. Non saprei dirti perché, non ho mai indagato, ammesso che sia possibile capire perché per un certo periodo una non rimane incinta e dopo invece sí. Ci sono tante teorie: quanto ti senti pronta, quanto lo desideri, i blocchi che hai ereditato. Io so che eravamo felici e pieni di convinzione, ma non succedeva, col risultato che mi sentivo in colpa, una volta di piú: avevo regalato un uovo, ma non ero capace di fare un bambino. Pensa un po'. Quando finalmente Anna è venuta al mondo, mi sono ritrovata piena di ansia. Bastava niente. Una volta, Anna aveva ancora pochi mesi, eravamo nella casa di campagna dei miei genitori, l'avevo messa a dormire dopo cena, mentre noi eravamo rimasti a guardare la televisione. Era inverno e c'era molto freddo, il riscaldamento era scarso, ho avuto la certezza che la sua temperatura stesse scendendo e potesse assiderarsi. Sono corsa a sollevarla dal lettino, in effetti aveva le guance gelide, l'ho tenuta stretta a me per tutta la notte, come fossi pazza. È a quel punto che ho capito di avere paura di lei, come avevo avuto paura di te, anche se non sapevo nemmeno cosa saresti stato. Si dice sempre che le madri abbiano paura per i figli, che le madri vaglino con ansia tutti i possibili pericoli, anche quelli immaginari, cui i figli possono andare incontro. Meno spesso si dice che le madri hanno anche paura dei figli. Riesci a capirmi?

Jessie scuote la testa. – No. Non credo di capirti, – le risponde e aggiunge: – So che un figlio può deluderti, farti arrabbiare, preoccupare e perfino disperare, ma non capisco come possa farti paura.

– No, infatti, – ribadisce Antonia. – La paura nasce ben prima, nel momento stesso in cui consenti a una tua cellula di fondersi a un'altra e duplicarsi una volta e poi altri milioni. Tu non esisteresti senza di me, Anna non esisterebbe. Senza di me e senza un padre. Pensa: quanto potere e quanta responsabilità. Tu non sai quanta paura ho avuto di te, senza nemmeno sapere chi fossi, e quanta paura ho avuto di Anna che pure sono convinta di conoscere come il mio respiro.

Jessie si avvicina alla pila di piatti sistemati sul tavolo e dice: – Ti aiuto ad apparecchiare –. Li solleva dirigendosi verso la veranda all'esterno, dove ceneranno. Distribuisce i piatti di ceramica bianca con decori stilizzati blu sulla tavola di legno, poi rientra e chiede dove siano posate e tovaglioli, che Antonia gli indica in due cassetti sovrapposti della credenza. Quattro coltelli dalle lame affilate, quattro forchette. Un vassoio, una bottiglia d'acqua. Un nuovo ordine, dovesse durare anche solo il tempo di una cena.

– Myrtha dice che i figli sono giudici implacabili per i genitori. Che tu lo voglia o meno, un figlio ti giudicherà, potrà essere piú o meno clemente o severo, ma non potrai sottrarti al suo verdetto. È questo che temi? – le chiede Jessie.

Antonia non risponde subito, la sua voce lo raggiunge mentre sistema le posate: – Myrtha ha fatto bene il suo lavoro. Non so se sarei stata cosí brava a educarti. Con Anna qualcosa è andato storto.

– Myrtha direbbe pure che i figli non sempre sono giudici attendibili e che anche con me qualcosa è andato storto, – replica Jessie.

Antonia lo squadra e gli chiede: – Cosa?

– Ti sei chiesta come mai, dopo ventisei anni, Myrtha abbia deciso di dirmi la verità? Ho saputo che tu esistevi, che da qualche parte in Italia avevo una madre biologica, perché Myrtha è seriamente ammalata, ha un tumore al cervello, altrimenti con ogni probabilità non me lo avrebbe detto. E cosí avremmo continuato a ignorarci per sempre. Almeno io avrei continuato a ignorare quello che ora invece so, di te, di lei, e di come sono nato.

Antonia guarda sul tavolo della cucina tutte le pietanze che ha preparato, togliendole dal frigo e dal forno, ha messo il prezzemolo sulle patate nella ciotola e una ricotta fresca circondata da rucola in un vassoio ovale.

Si toglie il grembiule e avanza verso Jessie, trova il coraggio di fare ciò che fino a quel momento non le è riuscito, lo abbraccia e lo stringe forte a sé, gli sussurra: – Perdonami.

Scomponi la figlia. Scomponi il figlio. Il volto che rugoso e coperto di una sottile cera biancastra ti è stato accostato, ancora caldo dei tuoi stessi umori, del tuo stesso sangue, di te che lo contenevi; hai dovuto fare l'abitudine a quel volto che giorno dopo giorno si definiva ma che fin dall'inizio aveva una sua impronta, e riconoscerla è stato il tuo premio, la fatica di una vita adattarti ai suoi cambiamenti continui. Dopo una poppata, stramazzata di cibo Anna perdeva i sensi in un sonno beato, al suo risveglio la guardavi ed era già un'altra creatura. Ammettilo: hai desiderato che quelle manine grassocce, quei piedini gonfi di latte, quelle guance rosate durassero in eterno. Sapendo che non era possibile, hai fatto riti per ogni trasformazione, vivendo tante piccole perdite. I cassetti di casa sono pieni di ciocche di capelli annodate e chiuse dentro sacchettini di seta, vestiti risalenti ai suoi primi anni, magliette e bragoncini, completini di spugna che col tempo si è scolorita e si è lasciata mangiare, qua e là, dalle tarme. Con meraviglia hai assistito alla sua pubertà, cercando di rassicurarla mentre si allungavano le ossa, spuntavano attributi. Diventava piú simile a Paolo, non per un singolo lineamento, bensí per l'intero equilibrio fra mascella, bocca, naso, fronte, occhi. Ma sognavate ancora gli stessi sogni che era bello confrontare la mattina dopo, o a distanza di giorni, quando per caso ne riaffioravano i particolari.

La figlia ha desiderato e ottenuto animali che poi non ha mai curato: gatti, criceti, pesciolini, vezzeggiati qualche ora, poi lasciati al loro destino, come se prendersene cura volesse dire provare a fare la mamma; troppo presto, meglio rimanere figlia, a costo di smettere di mangiare, perché se non mangi non cresci, anche se poteva dirsi finito il tempo della crescita vera e propria. E allora devi cercare la figlia nella felpa fuori misura con cui si aggira, senza riguardo per le stagioni.

Del figlio puoi solo scomporre un'immagine appena acquisita: Jessie ricorda David, nella sua dinoccolata presenza, ma è Myrtha che continui a vedere in lui. Per come sorride, corruga la fronte, si porta i capelli dietro le orecchie. Non osi vederci te stessa, non credi nemmeno di averne il diritto. Anche se ora moriresti per avere una sua foto da piccolo, una foto con Myrtha e David.

I figli sono di chi li cresce, di chi li educa, di chi li sopporta e di chi li rende autonomi, amandoli; nulla da obiettare, ma Antonia è felice che Jessie sia venuto a cercarla, che Myrtha non l'abbia dimenticata, che il suo non sia rimasto un gesto di giovinezza, inconsulto, pieno di buona volontà, uno slancio coraggioso nel vuoto, da dimenticare, o da espiare come le sembra di aver fatto per anni. E non le sfugge che tutto questo è frutto della malattia di Myrtha, lei non se lo sarebbe mai concesso. Ancora una volta, la sua lontana amica le ha aperto la strada, l'ha messa nella condizione di essere una donna diversa.

Allora sale al piano di sopra, dopo aver raccomandato a Jessie di rilassarsi, ascoltare musica, prendere un libro dalla libreria o fare quello che vuole, mentre lei va a prepararsi. Si lava e cambia di vestito, ci ha sudato dentro tutto il pomeriggio, e poi le va stretto, si dà una passata di rosso sulle labbra, era da tanto che non lo faceva piú, vorrebbe anche mettersi il mascara, ma si interrompe a metà. Prende in mano il cellulare, vuole scrivere a Sara e ad Alice. Inizia un messaggio:

Non vi ho mai detto che da giovane trascorsi un anno in California

A ventun anni ho donato un ovocita a un'amica, Myrtha

L'ho fatto perché Myrtha mi aveva insegnato a essere felice di me stessa e io avrei potuto aiutarla a essere felice a sua volta

Volevo provare a me stessa di valere qualcosa

Ho passato gli anni con un generico senso di colpa

Per essere scappata

Non ho mai visto foto del bambino da piccolo

Forse Myrtha me le ha mandate, ma io cestinavo le lettere senza aprirle

Non sapevo nemmeno se fosse maschio o femmina

Saperlo mi avrebbe inchiodata

Ma ora so che è un maschio

È venuto a trovarmi, si chiama Jessie

Mia madre donava il sangue

Io ho donato un uovo

Anna a un certo punto ha smesso di mangiare

Cedere qualcosa di sé, per liberarsi

Non credo che gli uomini provino mai questa debolezza, e questa forza

Troppo per un messaggio. Troppo perfino per una lettera. Ma adesso sa che potrebbe raccontare, perché ha toccato la propria vergogna fino in fondo: tutti quegli anni passati a dire a se stessa che era stata una brava madre, che era diventata una brava madre per Anna, per allontanare il piú possibile l'ombra di quell'altra madre, che lei non aveva voluto essere e che era stata Myrtha.

«Ti vergogni?» Myrtha glielo aveva chiesto la prima volta che l'aveva invitata a togliersi il costume da bagno. Aveva il suo sorriso irresistibile. Antonia aveva provato una sorta di piacere misto al pudore, sentire di aver oltrepassato un limite e non sapere piú esattamente quale sia il proprio posto. Ci si può costruire una vita, intorno a una vergogna cosí.

Le lettere buttate e le fotografie. Non è rimasto nulla, se non – Antonia se lo ricorda solo ora – una di due collanine di corallo, identiche, che Myrtha aveva acquistato per entrambe come portafortuna; la sua non l'ha mai indossata, giace sul fondo della scatola dei monili sul comodino, dove ha appoggiato la lettera che le ha consegnato Jessie da parte di Myrtha. Stavolta la leggerà e le risponderà.

Vorrebbe rivedere Myrtha, che dopo tanti anni ancora le scrive, e capire cosa siano diventate l'una lontana dall'altra, durante tutto quel tempo, mentre Jessie cresceva e non era piú solo il figlio, diventava una persona. Sfiora la lettera, ma decide di aprirla piú tardi. Invece apre la scatola, fruga e lo trova: un girocollo di perline levigate di un rosso chiaro, tendente al rosa. Lo indossa e preme i coralli con le dita contro le ossa sporgenti delle clavicole.

Esce dalla sua stanza e va verso quella degli ospiti. Una cameretta piú piccola delle altre, in cui ha trovato posto l'unico mobile che Antonia ha portato dalla casa dei suoi genitori, un armadio a un'anta con timidi decori liberty incisi nel legno di ciliegio.

C'è profumo di lavanda e lenzuola stirate, Antonia apre le imposte delle due finestre, da fuori arriva la luce del crepuscolo. Sul muro sopra al letto, attraverso lo schermo del plexiglas, luccica il poster vecchio di ventisei anni della *Pala di Montefeltro* di Piero della Francesca. I colori si sono mantenuti intatti, perché la carta non è mai stata sottoposta a raggi solari diretti, gli azzurri e i grigi contrastano ancora con il colore degli incarnati, con il rosso del tappeto, della collanina di corallo al collo del bambino e del mantello, appena un po' piú chiaro, di san Giovanni Evangelista. La luce rarefatta e irreale – Antonia non ha mai capito da dove entri – non è diventata sabbiosa e opaca come spesso accade alle immagini su carta, e l'uovo splende come un opale.

Era andata apposta a Brera in un afoso giorno d'estate, aveva sostato a lungo davanti alla pala, si era seduta sul pavimento per guardarla, solo quella, e aveva trascurato tutte le altre meraviglie del museo, poi ne aveva comprato la riproduzione, la piú grande fra quelle in esposizione al bookshop. Da allora non se ne era mai separata. Le aveva trovato una sistemazione in ogni casa in cui aveva abitato.

Antonia si sporge sul pianerottolo e invita Jessie a raggiungerla al piano di sopra.

– Voglio mostrarti la camera in cui puoi fermarti a dormire, se vuoi.

Quando varca la soglia della stanza, e vede il poster del dipinto di Piero della Francesca, Jessie trasalisce.

– Anche Myrtha ne aveva uno cosí, solo piú piccolo, sulla sua scrivania, – dice.

– Lo so, – replica Antonia. – Glielo regalai io.

– Poi però quello di Myrtha deve essersi rovinato, perché da tempo è sparito, insieme alla cornicetta dorata che lo conteneva. Da piccolo ci fantasticavo sopra, giocavo con le figure, con il cavaliere inginocchiato e il bambino che sembra stia scivolando dalle ginocchia della Madonna. Erano loro due i miei preferiti.

Antonia intreccia le mani davanti a sé, e le serra, come se stesse pregando, poi con voce rotta dice: – È stato l'unico modo che ho trovato per poter pensare a Myrtha, e a te, senza sapere chi fossi, per tutto questo tempo. Era la mia distanza, quella che sono riuscita a tenere.

E adesso vado a finire di prepararmi.

Antonia sguscia fuori dalla camera e lo lascia solo. Jessie si stende sul letto, felice di allungare gambe e braccia, chiude gli occhi e li riapre. L'uovo pende dalla conchiglia sulla sua testa.

Anna finalmente ha risposto al messaggio di Antonia. Arriverà verso le otto e mezzo con il padre, prima vuole farsi accompagnare da lui a comprare un nuovo paio di scarpe da ginnastica. *Tac tac tac*, il rumore che ogni mattina, da quando sono iniziate le vacanze, Antonia sente sulle scale, Anna che scende per correre, per bruciare calorie e disperdersi nell'aria. Una volta le ha detto che avrebbe voluto diventare una respiriana, un'adepta della disciplina del respiro: nell'aria c'è tutto quello che ci occorre per vivere, mangiare non serve. Per fortuna non ne ha piú parlato, e qualcosa ha continuato a mandar giú, oltre all'aria.

Antonia calcola che manca un'ora prima che Paolo e Anna rientrino, si lascia cadere sul letto, esausta. Non ha mai avuto facilità a prendere sonno, tuttavia con gli anni sta succedendo, riesce a dormire anche solo per poco, ma in maniera profonda. Sopraffatta dalla stanchezza dice ad alta voce: – Jessie, ti dispiace se mi riposo dieci minuti?

Dall'altra parte del corridoio Jessie, ugualmente steso sul letto della camera degli ospiti, le risponde: – Farei la stessa cosa –. Poi ride e aggiunge: – Alle superiori volevo diventare attore. Mi venivano bene le imitazioni. Ho anche avuto qualche parte negli spettacoli della scuola, poi però le due audizioni che ho fatto sono state un fiasco. Per un pezzo ho pensato che fosse colpa di Myrtha.

Dall'altro capo del corridoio Antonia sdraiata sul letto senza scarpe, ma vestita, gli chiede: – Perché avrebbe dovuto essere colpa di Myrtha?

– Perché a una madre è facile dare sempre tutte le colpe. Perché ti ha fatto cosí, e tu non l'hai scelto. Non hai scelto nemmeno lei o tuo padre, e te li ritrovi come genitori. Quindi, Antonia, smetti di sentirti in colpa, per tua figlia almeno.

Antonia fa appena in tempo a dire «grazie» che le si chiudono le palpebre.

Jessie, che non può saperlo, lancia un'ultima frase verso il corridoio: – Abbiamo trovato la giusta distanza.

Poi, nonostante non abbia ricevuto risposta, aggiunge: – Per parlarci, io e te.

Ha l'impressione che le sue ultime parole abbiano fatto eco, rimbalzando sul muro, seguite dal silenzio. Una fitta lo punge: chissà cosa sta facendo in quel momento Myrtha, sotto il lavorio muto della malattia.

Jessie non riesce a dormire, ma a chiudere gli occhi sí, e a distendere le spalle, allentare le ginocchia, lasciando che i numeri che scandiscono il tempo sull'orologio digitale al suo polso proseguano la loro corsa, o discesa, o calata, o accumulo, perché Jessie sa di aver incontrato la curva dei giorni della sua vita.

A pochi metri da lui, Antonia vede prosciutto disteso sul tavolo come una tovaglia, il bordo bianco del grasso, un pizzo spesso che ricade ai lati. Anna che lo sminuzza, come a volte la vede sminuzzare le frange di un tovagliolo di carta, ma ora ne inghiotte i brandelli e il prosciutto si rigenera roseo, morbido, profumato, di nuovo teso come tovaglia. L'ordine si vede dalla tavola, diceva sua madre, o forse era Myrtha che lo diceva. Una madre non la scegli. Però lei sceglie te. Matasse di prosciutto filanti e uova ripiene che rotolano. Anna che mangia, dopo aver ceduto chili al niente, per poter essere amata di piú. Ogni figlio è giudice. Ma anche i giudici sbagliano.

A che serve un libro del passato se non c'è nessuno con cui leggerlo, con cui commentare i discorsi e le figure finalmente al loro posto? Alice pianta fiori sulla tomba del padre. *Splash*, *splash*, calme bracciate solcano l'acqua della piscina. Nuoti e ti dimentichi la fatica, ti dimentichi di te. Jessie in quelle acque che non erano le sue. Cresciuto come girino e poi pesce. Ha risalito la corrente. È tornato a lei.

Non può essere stato un sogno, troppo pochi i minuti che si è data per raggiungere il fondale calmo dove s'acqueta la coscienza. Una centrifuga, invece, l'ha frastornata mescolando le parole alle immagini. Il respiro rallentato gratta in gola per riprendere contatto e liberarsi dai frammenti fuori posto della vita, vecchia e nuova, che le è entrata dentro e ha rivoltato il tempo, e la fa esclamare:
– Dio mio, che ore sono?

Non è tardi come teme. Sono passati venti minuti appena. Si alza dal letto. Sente le gambe poco stabili, cedono. Forse è questo che il corpo vuole alla fine: essere donato, condiviso, ceduto, pensa Antonia. Esce dalla sua stanza e passa davanti alla camera degli ospiti, la porta è aperta ma Jessie non è piú lí.

Si avvia lungo le scale, sosta a ogni gradino per far combaciare i ricordi della giornata con una nuova percezione del pavimento, del corrimano, dei muri, come se stesse ancora sognando quel sogno che non era un vero sogno. Con le dita tocca di nuovo la collana di corallo che ha indossato, i grani hanno preso il calore del suo collo.

Nel frattempo Anna e Paolo sono tornati a casa. Antonia si stupisce che non le sia arrivato il rumore dell'auto sulla strada ghiaiata del cortile, ma ora ne sente salire le voci.

Li vede all'ultimo gradino delle scale che immettono in un corridoio breve prima del soggiorno: Jessie stringe la mano a Paolo e ad Anna, sorridono un po' impacciati, qualcosa si saranno detti, cosí almeno lei può evitarsi il rituale delle presentazioni, ma no, le toccherà comunque. Dovrà andare oltre, colmare i buchi e la distanza. Avanza verso di loro.

Paolo si accorge di lei e dice: – Eccoti, finalmente.

Anna e Jessie si voltano.

Nota al testo.

I versi in epigrafe sono tratti da Anne Michaels, *Fontanelle*, trad. di Marco Malvestio, in «Nuovi Argomenti», n. 82, aprile-giugno 2018.

La citazione a p. 49 è tratta da *Alice disambientata*, a cura di Gianni Celati, Le Lettere, Milano 2007.

I versi a p. 70 sono tratti da Charles Baudelaire, *Spleen*, in *I fiori del male e altre poesie*, Einaudi, Torino 2014.

La citazione a p. 85 è tratta da Javier Marías, *Berta Isla*, trad. di Maria Nicola, Einaudi, Torino 2018.

Indice

Questo libro è stampato su carta contenente fibre certificate FSC®
e con fibre provenienti da altre fonti controllate.

MISTO
Carta da fonti gestite
in maniera responsabile
FSC® C115118
FSC
www.fsc.org

Stampato per conto della Casa editrice Einaudi
presso ELCOGRAF S.p.A. - Stabilimento di Cles (Tn)
nel mese di agosto 2020

C.L. 24499

Edizione	Anno
1 2 3 4 5 6 7	2020 2021 2022 2023